桶狭間の四人

光秀の逆転

鈴木輝一郎
Suzuki Kiichiro

毎日新聞出版

目次

装画　井筒啓之
装丁　川上成夫

桶狭間の四人　光秀の逆転

本書は書き下ろしです。

序章

永禄三年五月一日（一五六〇年五月二五日）。三河国岡崎城本丸台所。

「今川をとめろ」

尾張国主・織田上総介信長は、不意に姿をあらわすなり明智十兵衛光秀の鼻先に指をつきつけてそう言った。

——なんだ、いきなり——

光秀は面食らった。

光秀は今川義元への仕官を依頼するために岡崎をおとずれた牢人の身である。頭ごなしに命じられるいわれはない。

このとき織田信長二十七歳。明智光秀四十五歳。昨年の信長極秘上洛の際に顔をあわせたものの、信長の性格である。一介の牢人にすぎない光秀を、覚えているとは思えない。

——まだ「うつけ者」なのか、こいつは？——

光秀は、信長の隣でしゃがみこんでいる木下藤吉郎秀吉に、目でたずねた。

「御屋形（信長）、とめろ、と言いゃーしても」

秀吉は雑人姿で信長の脚にとりすがり、悲鳴にちかい声をあげた。

木下秀吉二十四歳。六年ほど前から織田にいる。

草履取りの雑人からはじめた。このころはすこし出世して、信長直属の密偵のような仕事をしていた。

その秀吉がなぜ悲鳴にちかい声をあげたか？

秀吉もまた、信長を見捨てる気まんまんで、織田と今川とを内々で二股をかけていたからである。

信長は秀吉の言葉を意に介さず、明智光秀に向かって続けた。

「竹千代が今川を止めなければみんなが困る」

「は？」

光秀は耳を疑った。

――「竹千代」とは誰だ？――

「信長殿、竹千代は拙者でござる」

光秀の隣で、松平次郎三郎元康（徳川家康）が驚いた様子を隠そうともせず、自分で自分の鼻先をゆびさした。

「いまは松平次郎三郎元康と名乗っており申し候」

松平元康はこのとき十九歳。

若年ながら今川義元の三河国担当の重臣である。

岡崎城主だが普段は妻子とともに駿府(すんぷ)に住み、今川の三河支配の用のたびに三河におもむき、三河衆をとりまとめる役をしている。

ちなみに松平元康が朝廷から勅許を得て「徳川」を名乗るのはこれより六年後の永禄九年（一五六六）のこと。

「ふむ」

織田信長は腕を組んで松平元康をみた。

「ひさしぶりヤナ」

「およそ十一年ぶりにございます」

嘘である。

元康はこの前年、信長の極秘上洛のときに顔をあわせている。そのとき元康は偽名を名乗った。信長が、人の顔をおぼえないたちだというのはわかっている。

元康は六歳のとき、信長の父・織田信秀に誘拐・拉致されて二年ちかく尾張で過ごした。この間に信長と元康とのあいだに面識ができた。

「上総介殿におかれましては、おかわりなく」

八歳からみた十六歳が、二十七歳になってもさしてかわるまい。

――なんで信長殿がここにいるのです？　拙者は何も聞いておりません――

松平元康は目を泳がせながら、光秀と秀吉にたずねた。

「竹千代が苦労続きで大きくなったとは知っておったが、それにしても老けこみすぎだと思った」

光秀はなんだか頭痛がしてきた。いくらなんでも十九歳の元康と四十五歳の光秀を間違えるほうがどうかしている。

「それよりも——」

元康は、ぶるぶるとふるえながら続けた。

「ここにいる者で、今川をとめないと困るのは信長殿ひとりだと承知しておられますか」

元康のことばに、光秀は秀吉と、互いの顔を見合わせた。元康の言うとおりだからである。


松平元康（徳川家康）は織田が今川に潰されても困らない——というよりも、むしろ織田を潰す側である。

元康は今川義元に三河岡崎城を乗っ取られたとはいえ、元康自身は義元の娘婿あつかいで重用されている。

元康の正室・築山殿は今川義元の重臣・関口氏の娘で、今川義元が、わざわざ今川の養女にしたうえで元康の嫁にした。

今川義元と松平元康は、義理の父子の関係なのだ。

大久保忠教『三河物語』はこの当時の松平元康の処遇を、

「譜代の者どもが餓死におよぶ体なれば」

とまで書いているが、誇張のしすぎであろう。

大組織に吸収合併された側が冷や飯を食わされるのはあたりまえだが、程度をすぎれば反逆がおこる。

今川義元が駿河・遠江・三河の三カ国をおさめる大大名になりえたのは、呑みこまれた国衆も納得できるような処遇をしたからである。

木下藤吉郎秀吉も、織田が今川に潰されても困らない。

木下秀吉は草履取りの雑人からはじめたので勘違いされやすいが、実は秀吉は織田では冷遇されている。

秀吉と同じころに、身ひとつで信長に召し抱えられた森可成（蘭丸の父）や滝川一益にくらべてはるかに出世が遅い。

森や滝川はすでに一部隊をまかされる騎馬武者になっているのに、秀吉は信長直属とはいえ、馬はおろか、手下も部下もいない密偵仕事である。

出世するほど組織の長の交代の影響を受ける。

つまり出世しないほど影響はすくない。

ましてや秀吉は信長直属の密偵として、普通では入手できない、あんなことやこんな話を知る立場にある。

しかも秀吉はかつて今川の家臣で遠江国頭陀寺城城主・松下某の家臣で、今川との伝手も太い。

織田信長が今川につぶされた場合、柴田勝家や丹羽長秀のような重臣の去就は微妙だが、秀吉のような下っ端にはまったく影響がない。

それどころか、信長が今川義元に攻めこまれて清洲城を枕に討ち死にしたら、秀吉は織田の重要機密を小脇にかかえて今川にはしれるのだ。

秀吉は「今川に寝返る」ほど織田という寝床に熟睡しているわけではなく、「織田を裏切る」というほどは信長にきちんと扱われていない。

明智光秀も、織田が今川に潰されても困らない。

というか、光秀が三河国岡崎城をおとずれたのは、今川義元への仕官の仲介を木下藤吉郎経由で松平元康に頼みにきたからだ。

光秀が今川に仕官する前に織田が潰れても、光秀の出番がひとつ減るだけだ。

はっきりいって今の織田信長がどうなろうと光秀の知ったことではない。

「今川をとめないと困るのは信長殿ひとりだと承知しておられますか」

松平元康はぶるぶるふるえ、あおざめて口をひらいた。信長の無茶ぶりに怒っているのではない。おびえているのは明らかだった。

「よく聞け」

信長はうなずいて続けた。

「不満のない人生と満足できる人生を間違えるな」

いきなり人生を語りだした。

「不満のない人生をめざすな。満足できる人生をめざせ」

——なにがいいたいんだ、信長殿は——

元康は、おびえた表情で秀吉に目でたずねた。なにを考えているのかわからないのに、何かを確信している人間ほど、こわいものはない。

——「今川をとめろ」どころか、こいつを止める奴がいないのか、織田には——

光秀は秀吉を目で責めた。

——うちの殿が何をしたいかわかるようなら、ここにはおらせんです——

秀吉は、元康と光秀に目で言い訳した。

「お前ら、今は暗くはないか」

信長は言った。二十七で四十五の光秀に人生を説教たれる男である。

ちなみに月は出ていないから外は真っ暗であった。

もちろん、話の流れからして天候とか時間の話をしているのではないとおもうが。

「今川がいると、ここにいる全員が暗いままではないか」

信長のひとことに、元康と秀吉と光秀は互いの顔を見合わせた。

松平元康は、今川義元から破格の待遇をうけているといっても、自分の城である岡崎城をとりあげられている。

明智光秀は牢人である。

人間五十年の時代、四十五歳は老人なのだ。いまさら足軽や草履取りの雑人で雇ってくれるところはない。

鉄砲術や馬術などの兵法から、税・年貢を算出するための開平開立といった算術にいたるまで、戦国武将に必要なものはすべて身につけたという自負はあるが、その一方、どの技能も戦国武将になる以外には使いみちがない。

今川への仕官の伝手をようやくつかもうとしてはいるが、どうなるかはまったくわからない。

木下秀吉の出世の遅さを「暗い」と信長がいうのは、おかしいようにもみえる。秀吉の処遇を決めるのは信長だからだ。

だが、織田信長もまた、まだ非力で暗いのだ。

岩倉織田氏を岩倉城から追放して尾張一国を統一したのは昨年永禄二年（一五五九）。一年ほどしか経っていない。

戦国武将にとってもっとも難しくて根本的な問題は、武器の装備や合戦の巧拙や領土経営の手腕ではない。

家臣団たちを納得させられる人事である。

独断専横のようにみえる信長でさえ、家臣団の人事はままならない。

森可成や滝川一益は、一代で召し抱えた牢人とはいっても、元は武将で武功も立てた。

出自が草履取りの雑人の木下秀吉までも昇格させては、ほかの家臣たちからの反発はさけられない。

信長の筆頭家老の林通勝（正しくは「秀貞」）や重臣中の重臣である柴田勝家は、ともに稲生の戦いで信長の同母弟・信勝（信行とも）を大将にまつりあげて信長に謀反を起こして敗北した。

信長の馬廻衆、佐々成政は信長が市中を巡回しているときに暗殺をくわだてたが、信長の不測の行動で未遂に終わった。

信長の異母兄で織田一門の重鎮でもある織田信広は、四年前の弘治二年（一五五六）、美濃国主・斎藤義龍（斎藤道三の息子）と内通して清洲城乗っ取りを計画したものの事前に信長に漏れ、未遂に終わった。

要するに、織田の中心を担っている人物の多くは、ごくごくさいきん信長に謀反をおこし、そしてゆるされて現職に復帰した経験がある。

とても信頼できるような家臣ではないが、そのかれらを重臣に据えなければ織田が立ちゆかない。

信長といえども、家臣の意見を完全に無視することはできない。

信長は、家臣団たちをとりあえず敗北させて言うことを聞かせてはいるものの、安定した政権にはほど遠い。隣国の大国・今川義元が、ちょっと肩を揺すれば、基盤の脆弱な織田信長の尾張はたちまち自滅する。

今川がいることで、もっとも「暗い」思いをさせられているのはほかならぬ、織田信長自身であった。

「東はあちらだ」

信長は左手で天をゆびさした。もちろん台所なので、さした先は天井だが。

口下手が馬にのって走っているような男で、言動・思考がまったくもって不可解な若者だが、雰囲気に無駄なほど説得力がある。

単身で敵方である三河岡崎城を唐突におとずれたのは、もちろん予測不能な行動をとることで暗殺を予防しているのだろうけれど、それだけではない。

「俺にしたがって今川をとめるのが最良とはいわぬ。されど――」

織田信長は天をさした左手をにぎりしめ、その拳を光秀たちにつきだした。

「自分の夜明けは自分でつかめ！」

信長の口調は自信に満ち満ちていて、ものすげえいいことを言っているように一瞬錯覚をおぼえたが、よく考えればなんの意味もなく、どうでもいいような話である。

人間、何を考えているかわからない場合、ほとんどは何も考えていない。

論理やものごとの順序ではなく直感で――いや、とりあえずその場しのぎの思いつきの、口からでまかせに決まっていた。

問題は――

「お……おう……」

松平元康が、信長の勢いに呑まれ、右の拳をおずおずと突きあげたところにある。

たとえその場しのぎでも、ここで信長に逆らうと何をされるかわからない。いろいろな意味で不気味なのだ。

松平元康は、おびえた視線で明智光秀をみた。

――そこもとも、とりあえずやっておけ――

――御意――

「おう」

光秀の立場はいまのところ中立である。声もすこしはおおきくなる。

木下秀吉は信長の脇からとびだし、全力で右の拳を天につきあげた。信長を裏切る気まんまんの男だが、いまのところ信長の家臣という立場には違いないので、迷う必要はない。

岡崎城の台所のなかなのだ。四人は小声で「えいえいおう」と鬨(とき)の声をあげた。

――なにか、こう――

明智光秀は心の奥歯をかみしめた。四十なかば、人生五十年の日暮れどきに、なんで自分の人生の夜明けどきの話を聞かされなきゃならないのかと思うものの、そうは言っても止められないことはあるのだ。

――どうなるんだ、私は――

先のみえない、不安があった。

壱章　京都

一　困窮光秀

永禄二年（一五五九）正月。京都二条室町通り裏。通称「花の賭場」。

明智十兵衛光秀、当年四十四歳。負けていた。サイコロが投げられるたびに熱くなっていた。

十三代将軍足利義輝の御座所「花の御所（室町殿）」の一角に内々にしつらえられた賭場である。

将軍の邸宅というと凄そうだが、三代将軍足利義満が造営した大邸宅も今は昔の物語。八代将軍足利義政のときに京都の戦乱で焼失し、小規模ながら幾度も再建が続けられた。

このときの十三代足利義輝将軍にしてからが、非力である。再三襲撃され、六年前の天文二十二年（一五五三）に京都を追われて若狭（わかさ）に潜伏し、昨年ようやく再建した室町殿に戻ってくる、という体たらくである。

賭場は表向きは存在しないことになっていて、誰が「親」なのかは誰も知らない。ただし、将軍の御座所の一角というには、土壁がところどころ欠けおちて隙間から竹組みの下地の小舞がのぞき、雨風をしのぐのさえ難儀な家作だった。

――こんな負けかたをして、帰るわけにはゆかぬ――

光秀は駒札を握りしめる掌に汗をかいているのが自分でもわかった。今日のこの銭を減らすと妻にあわせる顔がない。

光秀には、今夜の米がない。麦畑を掘って冬眠の蛙をさがして食おうとしたら、畑荒らしと勘ちがいした百姓に追いかけられた。衣服はとうに売りとばした。老いて体臭が薄くなったので、下帯も一本だけ残して売った。

春といってもまだ早い。野の草で食べられるものはまだ生えてこない。明智庄にいるときは、たとえ貧しくても食いものだけはあった。

京には何でもあるが、銭がなければどうしようもない。たくわえをとりくずしてしのいできたが、ついに今朝、米櫃が空になった。

妻・熙子が、

「これで米になりませぬか」

と髪をおろして差し出した。結婚したとき十六だった妻もこのとき三十。「二十歳で年増、二十五で大年増」の時代である。日々の飯に事欠く生活で髪の質も荒れ、髪を売るにも相場通りとはゆかない。光秀の行きつけの「花の賭場」は故買屋もかねていて、どんなものでも博打の駒札にかえてくれる。

「私にまかせなさい」

光秀はそうこたえて「花の賭場」の帳場で熙子の髪とけっこうな銭の駒札を交換した。

そこでそのまま駒札を銭に交換すればなにも困らないが、灰色に変色した駒札を、かちかちと手の内でもてあそび、「一枚だけ」と賭場に座ったから困ったことになった。


賭博のうち、二個のサイコロをなげて競う丁半博打は最も古いもののひとつで、『枕草子』の時代からある。江戸時代には完成されたが基本はかわらない。賭場を開く「親」(江戸時代になると賭場の開帳を専業とした博徒が発生し、「胴元」「貸元」と呼んだ)が賭け銭の一割(江戸時代に入ってからは五分)を場所代としてとり、残りを客たちが丁半にわかれてとりあう。

心理戦のはいる余地はほとんどなく、何も考えずに丁か半かに賭け続ければ、最悪でもタネ銭の四割五分は手元に残る理屈である。

ところが——


「おかしくないか、これは」

おもわず光秀は声を荒らげた。

ささやかな賭場である。客は十人に満たない。ほとんどが牢人ふうの武士で、月代を伸ばしほうだいの者や無精髭の目立つものばかり。

光秀の隣に座った二十かそこらの青年だけは筒袖・肩衣の、ととのった身なりをしていたが、「これが博打か」と目をうたがいたくなるほど小刻みで吝い打ちかたをしていた。

そんな隣の青年武将の話などどうでもいい。

「なぜ私の張った目の反対ばかりが出るのだ！」

気がつけば光秀の駒は、打ち始めたときの十分の一にも満たなくなっている。この賭場には毎日のように——いや、毎日、足を運んでいるが、ここまで負けがこんだ経験がない。

賭場の「親」を相手に勝負をするならばイカサマで身ぐるみはがされることもありえるが、サイコロを投げる親は場所代をとるだけなのだ。

「考えすぎですよ」

光秀のななめ後ろから、そっと近づく声があった。賭場の世話人だとはわかったが、聞いたことのない声だった。

「みなさんひとしく丁半かけてやっていなさる。お客人の負けが込んでいるだけでございます」

「そんなことは、わかっている。わかっているが、わかるわけにはゆかない」

妻の髪を売って得た銭で博打を打って、それで今夜の飯が食えなくなったら、妻に申し開きが立たないではないか。

何よりも、光秀の隣でちまちまと貧乏臭く賭けていた青年武将が、いつの間にか手持ちの駒を倍ほどにしている。

店の者は光秀の後ろから耳打ちした。

「お客人の負けをお助けするわけには参りませぬが、日銭の稼げるお役目をご紹介いたします る」

「義輝将軍の身辺警護なら言うだけ無駄だ」

光秀は、振り向く気もおこらない。場所柄、有名無実の足利幕府の重臣たちの、警護の仕事はくさるほどあるが、手間賃を踏み倒されるのがほとんどだというのは、この賭場に出入りしている者なら誰でも知っている。

貧乏公方(くぼう)は金がないから貧乏なのではない。とりまく者たちが背に貧乏と悪運と不遇を負って集まってくるから貧乏なのである。その中に自分もふくまれると思うと、光秀の気も滅入るのであるが。

ともあれ、店の者が後ろから続けて耳打ちしてきた。

「否。尾張の太守、織田上総介信長の隠密上洛の裏警護に候」

明智光秀は手をとめた。

☆

明智光秀は、土岐源氏の支流・明智一族のひとりとして、永正十三年（一五一六）、美濃国東美濃に生まれた。今川義元より四歳年上、武田信玄より六歳年上になる。

天文元年（一五三二）、光秀十七歳のとき、叔母・小見の方が美濃国主・土岐頼芸の重臣・長井新九郎規秀（後年の斎藤道三）の正室に迎えられたことで明智一族にも陽のあたるときがおとずれたかとおもわれた。

だが天文十一年（一五四二）、光秀が二十七歳のとき、「斎藤道三」になった長井新九郎が謀反をおこし、美濃国守護にして土岐源氏の宗主・土岐頼芸を追放し、自分が美濃国主となった。

斎藤道三が国主となったのだから縁者の明智一族も厚く遇されそうなものだが、道三は内政に弱くかつ人望にとぼしく、美濃は内乱状態となった。明智一族は巻き添えをくらって美濃をはなれ、光秀だけが東美濃に踏みとどまった。

弘治元年（一五五五）、光秀四十歳のとき、斎藤道三と嫡男・斎藤義龍のいさかいが表面化した。道三の行政手腕に不安を持った美濃の家臣団が義龍を国主としてまつりあげ、道三を隠居に追い込んだ。道三はそれをよしとせず、義龍を廃嫡した。美濃国内の全面的な内乱となったのだ。

そのとき光秀は道三から「こちらにつかぬか」と誘われて迷った。

美濃のほとんどの武将が義龍側につき、道三が圧倒的に不利なことは、東美濃にいてもじゅうぶんわかったからである。

その一方、かりに義龍側について勝利しても、さしたる評価はえられない。勝って当然の合戦にくわわっても、東美濃の辺境の国侍がほんのいっとき名を知られるだけで、さほど変化はないのだ。

道三は、人望と内政手腕はともかく、合戦の名手であることには違いはない。尾張国の織田信秀（信長の父）の再三の侵攻にたいしてよく戦い、一度も負けたことがない。

勝ち目の薄い側についたほうが、勝ったときの利が多いのは、いかなるバクチでも同じことである。

光秀とほぼ同世代の武田信玄が、家臣団から国主としてまつりあげられ、名門・武田氏の中興の祖として歴史の舞台におどり出た時期である。自分だって何とかしたい、と光秀に欲が出るのは当然であろう。

で、光秀は道三の側につくことにした。

翌弘治二年（一五五六）四月、光秀は道三の居城・鷺山（さぎやま）城におもむいた。

「十兵衛（明智光秀）、よう来た」

このとき道三についたのはわずか二千数百。長良川をはさんだ対岸・稲葉山城（岐阜城）前にあつまった義龍は一万七千余りもおり、どこをどうやっても勝ち目があるようには見えなかった。

「十兵衛にたずねたいのだが」

「なんなりと」

「なぜわしのところにつくことに決めたのだ?」

光秀は懐中からサイコロをふたつ、とりだした。

「目にしたがい申し候」

「かぶいた奴よの」

道三は静かに笑った。僧形ながら枯れたおもむきがまるでなく、眼光ばかりがやたらつめたい。

「婿殿(織田信長)のもとにゆけば、気があったろうに」

道三の女婿・織田信長が天文二十年(一五五一)に織田の家督を継いでから五年。信長はまだ尾張統一の途上だったが、天文二十二年(一五五三)、美濃国茜部(あかなべ)で道三は信長と会談し、いたく気に入った。

天文二十三年(一五五四)一月、信長が今川義元軍と戦った村木砦(むらきとりで)の戦いでは、道三は信長の要請を受けて援軍を出した。このときの信長の苛烈ないくさぶりに道三は「すさまじき男、隣にはいやなる人にて候よ」(信長公記)と感心した。

「義龍にはそれがない」

と、道三は光秀にいった。

「義龍には人望があるばかりで合戦の経験がない。見た目の兵数がどうだろうが、余が勝つ」

「御意」

「婿殿には遺言を送ってやった。もし道三の身に事あらば、美濃一国を信長にゆずる、と」

「なにゆえに」

書状一枚で国を譲るとは、光秀は聞いたことがない。そもそもこのとき道三は美濃の実権を義龍ににぎられていて、そんな書状があっても効力があるとも思えない。

「この遺言が流布すれば、わしが討ち死にしたあとも、美濃と尾張がまた荒れて面白いわい」

道三は声をあげて笑った。遺言状は織田信長本人に宛てたものだけではなく、美濃国内に写しをばらまいているのがこれでわかった。

――ようするに、権謀術数・はかりごとのたぐいが根っから好きなのだ――

これでは斎藤道三が美濃国衆から信頼されないわけである。

余談ながらこの遺言状は複数が平成の時代にいたっても現存し、いまなおその真偽が不明のままである。戦国の梟雄・斎藤道三の謀略は、四百六十年の時を経ても世人を翻弄している。

「わが父は山城国の油売りとして美濃に流れついて職についた。美濃・土岐氏は平安時代にはじまり、土岐頼貞が足利尊氏にしたがって戦い、美濃国守護職について以来、二百十余年という、全国屈指の名門である。土岐の家中は家格にやかましい。どれほどわしが身を粉にして働いても『しょせん油売りの息子』とさげすまれるだけだった。そこで、わかったことがある」

「いかなる」

「自分のやりたいことで自分のだしたい結果をだしても、他人は褒めてはくれぬ」

道三は続けた。

「ならば人になんと思われようがかまわぬ。やりたいことをやりたいようにやって、やりたいように生き――」

ほんの一瞬、道三は言いよどんだ。

「やりたいように死ぬ」

その言葉通り、斎藤道三は長良川(ながらがわ)の合戦で敗死し、明智光秀は身ひとつで脱出。妻・熙子(ひろこ)とともに牢人生活を送ることになる。

☆

話を永禄二年にもどす。

このとき明智光秀は、織田信長とは面識がない。

とはいえ、信長はいろんな意味でわかいころから有名であった。東美濃で光秀が閑職にまわされている間にも噂がつたわっていた。

実父・信秀の葬儀の最中、位牌に抹香をたたきつけた話。織田の家督を継いだあと、どうせすぐに潰れるだろうというおおかたの予想をよそに、尾張国内の対抗勢力を片っ端から制圧した話。

斎藤道三が信長の人となりを知りたがり、美濃と尾張の国境付近で直接会談した話。そのときに道三が信長を高く評価し、気に入った話。五年前の天文二十三年（一五五四）、信長が道三から軍勢を借り、今川義元軍を撃退した村木砦の戦いの話、などなど。


尾張国は大国である。

木曽川（飛騨川）・長良川・揖斐川（杭瀬川）などの大川の合流する濃尾平野に位置する、全国屈指の穀倉地帯であった。

江戸時代での国勢調査・『天保郷帳』では、美濃一国で六十九万九千七百六十四石。尾張は米の産出だけでもそれに匹敵する五十四万五千八百七十五石におよぶ。これにくわえて熱田湊と伊勢湾を面前に擁する、東国有数の水運の要所なのだ。

ちなみにこの当時の大大名である今川義元は、駿河・遠江・三河の三国を掌握していた。『天保郷帳』で規格をそろえて比較すると、駿河・遠江・三河の三国の合計は百八万六千石。武田信玄はおよそ百七万九千石。北条氏康百四十七万七千石。

くりかえす。

尾張は一国だけでも全国屈指の大国である。

尾張国は規模がおおきいだけに完全掌握するのが難しい。

信長の父・織田信秀は、あたかも国主であるかのような印象があるが、実は尾張統一をあとまわしにして美濃と戦っていた。

信長は父親でさえ成しとげられなかった尾張統一を、十八で家督を継いでからわずか八年でやってのけた。二十六歳の若さである。

「本当に、織田信長が上洛するのか」

光秀は目の前の筵（むしろ）に投げられるサイコロを見つめたまま、つぶやいた。

「信じられぬな」


明智光秀が、織田信長の極秘上洛を信じられない理由は、いくつもある。

美濃は斎藤義龍が国主となった。

斎藤道三は信長と同盟関係にあったが、義龍の代になって美濃は尾張と敵対関係となった。

謀略と策略にあけくれて内政をかえりみなかった道三とことなり、義龍の行政手腕はきわめて評判がよく、しかも強い。

信長は幾度か義龍に挑んで美濃を攻めたがまったく歯が立たず、そのうえ義龍は異母兄・

織田信広をそそのかし、信長の留守中に清洲城を乗っ取らせようとさえした。

　義龍は内政の足固めとして足利将軍の権威を積極的にとりいれた。足利氏の支流・一色氏を名乗ることを許され、この前年の永禄元年（一五五八）には治部大輔に任官。相伴衆（将軍の行動に同行する役職。戦国期には格式をあらわす名誉職）に任ぜられるべく、礼銭を進上している。ちなみに義龍は永禄二年（一五五九）四月二十七日に入京して相伴衆に列せられていることが『御湯殿上日記』に記載されている。

　道三が微罪の者を釜茹でや牛裂きなどの極刑に処して恐怖政治をしいたことに対し、義龍は将軍の権威をもちいて平和裏に美濃国内の諸将をおさめることにしたのだ。

　織田信長が美濃・斎藤義龍と三河・駿河・遠江の今川義元にはさまれても潰れずにいるのは、尾張国自体が大国だということ、美濃の斎藤義龍が内政の整備を優先させていたこと、そして今川義元が東側と北側を武田信玄と北条氏康におびやかされて西国攻略に割ける人員がすくなかったことによる。

　要するに。

　織田信長がわざわざ自国を留守にして、京都に出てくる理由がないのだ。

　光秀が織田信長の極秘上洛を信じられない理由はまだある。

　信長が本当に極秘での上洛を企画していたとしよう。

だが、まず尾張から京都への上洛経路が限られる。

斎藤義龍が盤石の態勢をしいている美濃を通過するわけにはゆかない。

次に尾張を留守にする危険がある。

斎藤義龍は内政を固めることを優先しているので信長の留守を狙って尾張に侵出するとは考え難いが、留守を狙った信長の家臣を煽ることはやる。信長の人望のなさはいまに始まったことではない。柴田勝家、林秀貞（通勝）、佐々成政、異母兄・織田信広などなど、信長への謀反をくわだてて失敗し、にもかかわらず信長に許されて重臣の地位に残されている者はひとりやふたりではない。

今川義元は三河国を押さえ、三河と尾張との国境を信長と争っているが、信長の留守を知れば国境をさらに尾張側に押し進めることはじゅうぶんにありえる。

なにより。

織田信長は上洛して何がしたいのか。

足利幕府や朝廷から何がしかの官位や官職を得て権威を得たいのか。

否であろう。

織田信長の当面の仇敵、斎藤義龍と朝廷および足利義輝将軍との関係は密で、信長の官位就任を妨害してくるのは明白であろう。朝廷や足利義輝将軍としても、早い時期からの後援者である美濃の斎藤義龍を無視することはできまい。

仮に信長が足利義輝や朝廷に昇進をもとめるとしても、なにもわざわざ信長本人が上洛する必要がない。毛利元就、朝倉義景、北条氏康らも足利幕府の相伴衆に任ぜられているが、重臣を派遣して叙任するだけですませた。

六年前の天文二十二年（一五五三）、越後の上杉謙信（当時は長尾景虎）が武田信玄との戦いの合間を縫って上洛したことがあった。これは上杉謙信が武田討伐の名目を、朝廷と足利義輝将軍から直接とりつけるという事情があった。

一色氏の姓を許され治部大輔に任官された斎藤義龍と、足利将軍家支流の今川義元を、出来星大名の織田信長が討伐する名目を朝廷や足利義輝将軍からとりつけられるわけがない。


「さようなことは、信じられぬ」

「信じていただくには方策がふたつあり申し候」

背後の声の者は、光秀の膝に、ずしり、と布財布を置いた。銭の束が入っている。重みからみて、光秀の今日の種銭の三倍はある。これなら当分飯の心配をしなくてもすむ。

だが。

「私が銭でうごくとおもうか」

「振り向いて、わしの顔を見てくりゃーせ」

尾張訛りにつられて光秀は後ろの男をはじめてみた。

年は二十三、四。ただし若い顔にはにあわずやたらに皺が多い赤ら顔で、いってしまえば猿にそっくりで、一度あったら二度と忘れない。右の親指が二本あった。

そして光秀は明智の里に住んでいたとき、この青年に会ったことがあるのだ。そのときこの青年は「織田の間者（かんじゃ）だ」とみずからの身元をあかした。

「お前は――」

「名前は外に出てからにしてくりゃーせ」

――隠すほどの者か――

つい、光秀は腹のなかで毒づいた。

男の名は、木下藤吉郎秀吉。

二　模索秀吉

永禄二年（一五五九）正月。京都二条室町通り裏。「花の賭場」の外。

「これだけあれば足りるやろ」

木下藤吉郎は、左右を見回して人気がないのをたしかめると、小脇にかかえた葛籠（つづら）を、よっこらしょと明智光秀に手渡した。開けてみると銭束がぎっしりと詰め込まれていた。

「足りる、とは、どういうことだ」

「あの賭場への借銭」

「そんなものをなんでお前が知っている」

「知らずに声をかけるような不用心なことはやらせんがや」

「私のことはどこまで知っている」

「元東美濃の住人、明智十兵衛光秀殿。三年前に奥方とともに京都にきたものの仕官がかなわず。昨年、足利義輝将軍が帰洛なされてからは、客分のあつかいで義輝将軍に柔術の指南をして日銭をかせいでおられる」

「日銭を稼いでない」

光秀はため息をついた。

「私は多才だが、銭をかせぐ才だけは天がくれない」

足利義輝への柔術指南は、ただ働きである。

☆

一応、明智光秀には足利幕府にツテがあることはある。きっかけはこうだ。

三年前、光秀は明智庄を脱出して京都にはいった。

某日、出入りしている賭場の親方から妖怪退治の依頼を受けた。近所の神社に夜ごと狐の化物があらわれて灯油を盗んでゆくという。

三日ほど徹夜で稲荷に張り込んで柔術で狐の妖怪を取り押さえてみると、それは足利義輝将軍の旗本（直属の家臣）、細川藤孝（ほそかわふじたか）だった。

「足利義輝将軍は朽木谷に潜伏しているが、帰洛の時期をみるために物見（偵察）として京都にはいった。偵察費用がないので神社に忍び込んで灯油を盗んで転売している」

という。

光秀はあきれかえって解放したが、それ以来、細川藤孝の紹介で足利義輝将軍に柔術の指南をしている。

もちろん油を盗むほど台所事情が苦しい足利義輝将軍に、光秀へ支払う礼金があろうはずもない。迂闊に官職をくだすと官位や官職の価値がさがるので、光秀は無位無官のままである。

このときにつくった光秀の人脈が、後年、足利将軍家を朝倉義景や織田信長へとつなぐことに絶大な効果を発揮するのだが、それはまだまだ先の話。

明智光秀にとっては、足利義輝将軍と旗本の細川藤孝は、なにひとつ権威も権限もなく金もない、どうでもいい連中にすぎなかった。

☆

「まあ、この銭はもらっておこう。お前には貸しがあるし」

光秀は秀吉から葛籠を受けとって、中の銭をざっとたしかめた。

この当時、日本国内では貨幣を鋳造せず、中国から輸入していた。ただし貨幣の品質は一定していなかった。私鋳の鐚銭(びたせん)も大量に出回っていた。「悪貨は良貨を駆逐する」の法則はグレシャムが発見する以前から存在している。

銭は通常、九十七文を銭差に通して百文の束として流通させる。ただし鐚銭一枚は良銭の四分の一の価値しかない。

木下秀吉と再会した場所が場所であるし、秀吉の見た目があぁなのだ。

「鐚銭をまぜて、いかさまをするかと思ったが、鐚銭は混じってないな」

「当たり前だがや」

秀吉は光秀の目を見据えた。

「わしには何もあらせん。父親はおらせん。田畑も無(に)ゃー。血筋も家柄もあらせん。兵法も知らん。歌や漢詩どころか、文字の読み書きがやっとこさっとこ」

「これから学べばよかろう。私よりもはるかに若いではないか」

「今日いちにちを生きるのがいっぱいいっぱいやのに、あさっての段取りができるわけがあらせんがや」

――そんな具合だから織田につとめて五年は経っているというのに、いまだに隠密仕事から抜けだせないのだ――

「わしには銭しかあらせんのや。銭で信用を買っとるのに、銭で信用をなくしたら、頼れるものがなくなってしまうがや」

「これだけ銭を稼ぐ才に恵まれているのなら、それで十分な気がするがな」

「十分やない」

——まばたきをしない男だ——

とてもどうでもいいことを光秀はかんじた。

「いつまでも隠密仕事で踏みとどまっとったらあかんがや」

確かに、五年前の天文二十三年（一五五四）、明智光秀が木下秀吉に初めて会ったときも秀吉は隠密仕事をしていた。

☆

五年前。光秀が京都に流れつく前の話である。

天文二十三年（一五五四）十一月。東美濃・明智庄、光秀屋敷。

明智光秀三十九歳。

「手傀儡師（人形芝居の芸人）が門前に参っております」

光秀の家臣の少年が取り次いだ。諸経費節減で光秀の家臣のほとんどは農地に返し、光秀の身辺の世話はこの少年ひとりにまかせている。

この日、明智の里に独り者の手傀儡師が流れついて辻で芸をみせているとのことで、光秀は村長に、その手傀儡師を、領主たる光秀の屋敷へ挨拶にこさせるようにつたえた。税の徴収のためである。

「わかった」

光秀はたちあがった。


領地での光秀は暇だった。

十五歳で元服したとき、国主は土岐頼芸で、光秀は土岐源氏の支流として、将来を嘱望されていた。堺へ派遣されて算盤術と、明国経由で輸入された鉄砲術を学び（そのころ鉄砲はまだ種子島に上陸しておらず、光秀は堺で初めて鉄砲の存在を知った）、京都で連歌と朝廷の典礼を学んだ。

順当にゆけば美濃に戻って美濃土岐氏の顧問とか相談役とか御伽衆あたりの役があたえられるはずだった。

ところが光秀が二十七歳、上方に留学中の天文十一年（一五四二）斎藤道三が謀反をおこし、主君・土岐頼芸を追放する事件がおこった。

あわてて帰国してみると、光秀を待っていたのは「本領安堵。ただし無役」という、事実上の左遷であった。

斎藤道三の正室は明智氏で光秀の叔母にあたる。道三の父親は京都の油商人であった。家格にやかましい美濃土岐氏のなかで道三が頭角をあらわすために、美濃土岐源氏の家格ほしさの結婚だった。しかし道三が実力で国主になってしまえば土岐源氏の縁者という家格はむしろしがらみとなって、光秀は道三から疎まれた。

その一方で、光秀が本領を安堵されたことで旧土岐源氏・反斎藤道三の勢力から光秀は警戒され、結果的に光秀は斎藤道三からも、旧土岐源氏・土岐頼芸の残党からも疎まれた。

種子島に銃がはいり、鉄砲の輸入と国産が本格的になっても光秀は鉄砲顧問として呼ばれることはなく、斎藤道三が織田信長と会談して信長を高く評価した、といったしらせも、雲のうえのそのまた上の世界の話であった。

四十を初老と呼んだ時代。気がつけば明智光秀は三十九歳になっていた。


光秀は、表にでた。

門前に、その手傀儡師がいた。

笠をかけた手傀儡師が胸の前あたりに箱をかかえ、手傀儡で太郎冠者と次郎冠者をあやつりながら狂言「附子」を謡っていた。

『〽名残りの袖を振り切りて、附子の側にぞ寄りにける』

『ありゃ、附子の側へ、寄りおった。おのれ、いまに滅却しょうぞ』

——演目の選びかたが、間諜（密偵）丸だしだ——

狂言『附子』は砂糖が主役の物語である。

戦国時代、砂糖は国産されておらず、超のつく貴重品で、光秀が京都にいた時代でも口にしたことは数えるほどしかない。美濃に帰国してからは目にしたことすらない。里の者にいたっては砂糖の存在すら知らないだろう。

本物の手傀儡師なら客の反応をみて演目をかえる。砂糖を知らぬ客の前で平然と砂糖の話で笑いをとる人形芝居をするのは、里の者の投げ銭に興味がないことにほかならない。

ただし。

——うまいものだ——

手傀儡師の腕はたしかだった。

手傀儡師は太郎冠者をあやつって壺の前を行きさせる。指人形で表情なぞ出ないはずだが、ひょうげた顔に見える。

それ以上に。

手傀儡師の容貌が異様であった。十七、八歳の青年に見えなくもないが、皺が多い赤ら顔で、六十過ぎの老人にもみえる。目だけがきらきらとよく光り——年齢不詳ながら野猿にそっくりで、一度会ったら忘れられない顔をしていた。

光秀は懐中の財布から銭をとり、

「これ、手傀儡師」

銭をさしだした。

「ありがとうございまする」

猿顔の手傀儡師はひざまずき、人形から手を抜いて両手を前にささげ出した。右手の親指が二本あった。

猿顔の手傀儡師が右手に光秀のわたした銭をうけとった瞬間を狙い、光秀は手傀儡師の右手の指を握り、反らせた。

「い」

痛い、の声もだせず、猿顔の手傀儡師の体が浮く。間髪いれずに光秀はその右手首を裏返す。猿顔の手傀儡師の、浮いた体は右手首を中心にくるりと反転した。光秀は手傀儡師の右手を逆に極めたまま膝裏の委中のツボを蹴った。

猿顔の手傀儡師は、体をそらせながら後ろ向きに光秀の胸元に倒れこんでくる。光秀は左手で喉仏の両脇にある人迎のツボをとった。

「なあ、手傀儡師」

「な……なにを」

声がかすれている。光秀は自分の柔術の腕に自信はあるが、それでもここまで見事に極まるのはめずらしい。猿顔の手傀儡師は、よほど体術の心得がない、とみた。

「そこもと、名は」

「ひ――日吉」

「本名は」

「木下――藤吉郎秀吉」

「どこの間諜だ」

「お――織田信長公」

織田ならば斎藤の友軍である。こんな目立つ間諜では、武田だろうが今川だろうが敵中に潜入させるわけにはゆかないから間違いはない。

「こんな山奥になにしにきた」

「道しらべに候」

いくら寒村でも交通の要地にはちがいない。間諜といっても暗殺や潜入ばかりが仕事ではない。平時に近隣の地理を把握するのも仕事のうちである。

それでも自分の領内を嗅ぎ回られるのは、

「あまり、いい気はせぬ」

――のはあたりまえである。

「どうか――どうか命だけはお助けを」

「貸しにしておこう。命だけは助けてやる」

「ありがたく」

「間者なら、もちっと目立たぬ顔をせよ」

光秀は人迎のツボの脈を押さえた。ここには頸動脈がある。三つ数える前に木下秀吉は失神した。

光秀は失神した木下秀吉に目隠しをして手足を縛り、小舟に突っ込んで可児川に流した。下れば飛騨川で、美濃と尾張の国境になる。

木下秀吉とは、それ以来会っていなかった。

☆

「いつまでも隠密仕事で踏みとどまっとったらあかんがや」

木下秀吉は自分に言いきかせるように言った。

永禄二年正月、賭場の裏でのこと。明智光秀が木下秀吉から、織田信長の極秘上洛の裏警護を依頼された話の続きである。

「お前が私のところをおとずれてから何年になる？」

「五年や」

木下秀吉は左手を広げてつきだした。

――もうそんなになるのか――

なにせ秀吉は「見破られた間諜」という、実にみっともなく恥ずかし立場である。二度と会うことはなかろうと踏んでいたし、今の今まで秀吉の存在そのものを忘れていた。

もちろん、二本の親指や、猿によく似た容姿、よく光る目など、一度会ったら二度と忘れられない男なのだ。五年前に力ずくで追いだしたのを、まるで昨日のように覚えている。

「わしとおなじ頃に牢人から召し抱えられた、滝川左近（一益）や森三左衛門（可成・蘭丸の父）はとっくに騎馬武者として一軍の将になっとるのに、わしはなんで出世できーせんのや」

「隠密仕事が向いてないからではないか？」

光秀が即答すると秀吉はこおりついた。

「私はお前と五年前に一度しか会ってない。にもかかわらず今日にいたるまでお前の顔を忘れたことがない。五年も変化せず、『一度会ったら二度と忘れない顔』というのは、人にかくれて動く隠密仕事ではむしろ邪魔であろう」

秀吉はなにか言いかけ、結局口を閉じた。身に覚えがあることがたくさんあるらしい。

「それにしても、よく私がここにいることがわかったな」

「腐った人間を探すなら賭場か遊女屋に決まっとる」

「私が『腐っ』ているとは限らぬだろうが。こう見えても種子島に鉄砲が渡来する前から泉州堺で鉄砲術を学び、算盤術で開平開立を学んで明智庄でいちはやく検地をし、孫子六韜戦国策と兵法に通じたうえに剣豪将軍たる足利義輝将軍の柔術指南をやっている。信長がのぞめば将軍の謁見への下工作とて可能なのだ」

「生き生きしとる奴は嫁の髪を賭場で売らせせんがや」

「この――」

「わしは五年前から変わっとらんが、明智庄のご領主さまはすっかりお変わりになりゃーして」

「お前は喧嘩を売りにきたのか仕事を頼みにきたのか」

「変わらんことに怒り、変わったことに怒り。人生、ままならんものですわな」

「二十二三の餓鬼に人生の何がわかる」

「貧乏と屈折」

「喝！」

光秀は目から殺気を放射した。秘術「睨み倒し」である。木下秀吉は腰を抜かし、その場にへたりこんだ。

「度胸だけは買って進ぜる。そこになおれ」

「ひ」

木下秀吉二十三歳。後年「人たらし」と呼ばれ、人情の機微に通暁した人づかいの名手も、まだまだ発展途上である。

「二度とへらず口を叩けなくしてやる」

光秀は手刀を振りあげた。素手で河原の石を叩き割れる腕がある。秀吉の喉元に叩きつければそれで殺せる。

そのとき。

「しばし、お待ちください！」

光秀と秀吉の間に飛び込んできた者があった。

さきほど、賭場で光秀のとなりでちまちま賭けつづけ、地味に勝っていた若者であった。

それはいい。

問題は――

「貴殿は何者でいらせられる」

その若者が、力いっぱい割り込んできたにもかかわらず、肩の力が抜け体幹がゆるがず
――つまりかなり体術に心得があるのがみてとれたところにあった。

「三河国岡崎衆棟梁、松平次郎三郎元康に候」

後年の徳川家康である。

三　純情元康

永禄二年（一五五九）正月。「花の賭場」の外。

「三河国岡崎衆棟梁、松平次郎三郎元康（後年の徳川家康）に候」

と名乗られても、光秀にはとっさに誰だかわからなかった。どこかで聞いたおぼえがあるはずなのだが。

光秀の目が泳いだのに気がついたのか、秀吉が口をはさんだ。

「三河松平衆の惣領でいりゃーす！」

光秀はとっさに松平元康の腕を読んだ。

元康は腰の打刀（うちがたな）の鍔（つば）をコヨリで綴じている。抜刀に手間はかかるが、左手で鯉口を押さえる必要がなく、柔術となったら両手がつかえる。いかに戦国時代で人の命が紙より軽いと

いっても、ちょっとしたいさかいで相手を斬り殺すのは面倒くさいことにはなる。素手で殴ったり蹴ったり投げ飛ばしたり、後ろから首を絞めて「落とし」たりするほうがよほど現実的なのだ。

——これは意外と腕がたつ——

元康が、見た目の若さと上品さとはことなり、かなり喧嘩慣れしているのが知れた。

光秀の打刀はコヨリで綴じてなぞいない。柔術となったら刀が抜けないように鍔を押さえて右手だけで打ち合うか、刀を鞘ごとほうりなげて両手を空けるか。

光秀には抜刀して斬り殺すという選択肢はない。衣服に返り血を浴びたら、着替えを買う銭なぞ光秀にはないのだ。

「貴殿がおられるから、この猿がつけあがっているのか」

「尊公には恩怨ともにございませぬが、木下藤吉郎には無事でいてもらわねば困るゆえ」

隠密を守る用心棒のほうが格上とは、なんともおかしな取り合わせである。

「ここにいりゃーす御方をどなたと心得とるんや！　三河岡崎城主なんやぞ！」

といわれて、ようやく光秀はおもいだした。

「織田弾正忠信秀（信長の父）に、かどわかされた若君か」

「そのような覚えかたをせずともよろしいではございませぬか」

元康は、露骨に嫌な顔をして口をとがらせた。

三河は小国であった。

戦国時代末期の慶長時代の検地では、尾張国五十七万一千石に対し、三河国は二十九万石。今川の支配地には同時代の正確な記録がないが、天保期では駿河・遠江の二箇国をあわせると六十二万石。

三河国は倍の国力を持つ尾張（実質的に織田信秀の支配下にあった）と今川に挟まれ、長年、国内で分裂と内紛が続いた。

岡崎城主・松平広忠（徳川家康の父）は家臣団に裏切られて城を追われていたが、今川義元の後援を得て岡崎城を回復した。今川義元の支援と保護を受けるために息子の元康（当時は竹千代）を送ることにした。

ところが松平広忠は家臣に裏切られ、息子・元康は織田信秀に誘拐されてしまう。天文十六年（一五四七）、松平元康六歳のときである。しかも松平広忠は家臣によって暗殺されてしまう。

これに怒った今川義元は天文十八年（一五四九）、三河安祥城を攻めて織田信広（信長の異母兄）の身柄を拘束し、人質交換で松平元康の身柄を奪還した。元康は八歳。

今川義元は松平元康を駿河・駿府にあずかり、岡崎城に今川の城代を置いた。

大大名・今川義元の存在は圧倒的で、これにより三河国内の内紛は終結した。

松平元康は駿府に身を預けられたままで三河武士の棟梁の扱いを受け、現在にいたっている。

　明智庄は三河と国境を接している。明智庄時代、光秀はいちおう三河の動静に注意をしてはいた。

　ただ、内紛が続いているうちは攻め込まれることはない。

　内紛がおさまったあとも、今川義元は甲斐・信濃の武田信玄と伊豆・相模の北条氏政に国の北と東をおさえられて身動きがとれず、三河の維持が手一杯で、とても東美濃まで出張ってくるとは思えなかった。

　むしろ美濃国内の内乱の可能性のほうがたかく、三河のことまで気を配る暇がなかった。

　いかに道理無用の戦国時代といえども、敵国の人質を誘拐することはめずらしい。

　光秀が松平元康を「誘拐された若君」としてしか記憶していないのも、しかたないことではある。


「それにしても」

　光秀はいちばんの疑問がある。

「なにゆえ貴殿がこのようなところで木下とおられるのですか？」

　松平元康の立場は微妙である。光秀や秀吉にとって「雲の上」というほど高くはないが、さりとて一緒に行動できるほど低くはない。何よりも、

「織田と今川は敵対しているだろうに」

「もともとはわが御屋形（今川義元）の、将来の上洛にそなえての下見にございまする」

「にしては岡崎城主をひとりでほうりだすとは」

「『京都で誰に会っても困らない程度の身分でありながら隠密にうごいても自分の身を守れる人材』というのは、そう多くはないのでございます」

　いわれればその通りではある。

　とはいえ、明智光秀はむしろ今川義元と同世代である。松平元康は自分の息子ぐらいの年代で、苦労人のはずなのになんとも上品すぎて心もとない。

「『もともとは』というと」

「木下殿に『信長殿が内密に上洛するので、隠密裏に警護してくれ』とたのまれました」

「それは治部大輔殿（今川義元）にばれたらまずくはありませんか」

「許可は得ております。御屋形は『織田信長ほどの者が、誰ともしれぬ者に闇討ちにあうのはしのびない。信長は余が戦場でたおすのがふさわしい。守るべし』と仰せになられました」

「よくできた御仁ですな」

「『海道一の弓取り』といわれるゆえんでございます」

「しかし、岡崎城主が透破（忍者）仕事をしてよいのか。身分というものがあるだろうに」

　それを言ったら光秀の松平元康への口のききかたは、目上の者に対するものではないのだが、そこは気楽な素牢人（すろうにん）である。

「だからこそ身分を隠して行動しているのでございます」

いや、ぜんぜん隠していない。木下秀吉がばらしまくっているではないか。

「それにしても、貴殿と木下秀吉とのつながりがよくわかりかねまする」

「拙者が織田信秀にとらわれの身となっていたとき、信長殿が雑人だった秀吉殿を連れて様子を見にきてくださった。秀吉殿が近在の農家からなにかと食い物を調達してくれるなど、世話をしてくれたのです」

秀吉は胸を張った。

「わしはもともと尾張中村の者だで」

「偉いのはお前じゃなくて、責められるのを気にせず人質を見舞った信長のほうだろが」

光秀は秀吉をたしなめた。

それにしても、松平元康の人の良さがいかにも気にかかる。

「貴殿、大丈夫ですか？　木下に騙されていませんか？」

光秀はおもわず身をかがめて元康にたずねた。

「無礼な物言いはやめてください。拙者はこどもではありません」

後年、「徳川家康」となって権謀術数のかぎりをつくし、「狸」とまでいわれた陰謀の名手も、まだけがれをしらない純情な青年であった。

「とにかく、わしの話を聞いてくりゃーせ」

木下秀吉は脇差を鞘ごと抜き、脇差の小尻で地面に三角を描きはじめた。

「わしの言う通りにやれば、明智様も松平様もみんなトクをするはず――」

秀吉は顔をあげて光秀に怒鳴った。

「明智様、なんで眉にツバをつけとりゃーす！」

「用心だ。気にするな。――松平殿、貴殿もなされるといい。狐や狸や猿に騙されないための、おまじないです」

「はい、やってみます」

元康は真顔でツバをつけた。

――こんな真面目で素直すぎて大丈夫か？――

陰謀と謀略がうずまく戦国の世の城主としてはあまりにもたよりない。仲間にするには安心ではあるが。

木下秀吉は何か言いたげだったが、結局続けた。

「結局のところ、わしら三人で力をあわせて信長様の上洛を陰でお守りすると、全員が助かるのや。

その一。明智様が信長様の警護をしてくだされば、わしから明智様に報酬をお渡しできる。お互いにたすかる。

その二。松平様が明智様と組んで信長様の警護をしてくだされば、松平様は明智様をつうじて足利義輝将軍との間に『つなぎ』ができる。明智様は松平様をつうじて今川家との『つなぎ』ができる。ここで明智様が活躍すれば、松平様も今川家に明智様の仕官を取り次ぎやすくなりますわな」

「その通りですね」

「まあ、道理はある」

光秀と足利義輝将軍の関係は、いまのところ非公式で鐚銭（びたせん）一枚のかねにもならないが、松平元康に「上洛のための下調べの『つなぎ』をつける」ことができる。

光秀の年齢と経験からすると、三河松平のような小国では就職がむずかしい。給与はもちろん出せないし、高待遇に置こうとしても席が空いていない。

今川なら高禄での召し抱えもできるし、軍事顧問や鉄砲奉行といった臨時やといの高官の席もつくれなくはない。松平元康が「これこれこうした実績がうんぬん」と推挙してくれれば扱いもちがう。

「その三。松平様がわしと組んで信長様の警護をしてくだされば、わしは助かる。松平様も、信長様に貸しを作れて、今川家と織田家との内密の『つなぎ』もつくれる」

「その通りですね」

「否定はせぬ」

敵対関係にあっても、合戦の前後での内々の下交渉は重要である。ふつうは世俗のあらそいからは中立な立場の仏門の者が仲介するが、松平元康が直接織田と接点を作ることができれば、今川のなかの岡崎衆の立場も強くなる理屈である。

「ほれ、これで三方全員がトクするがや」

木下秀吉は地面にかいた図をみせて胸を張った。

「本当にその通りですね！」

「道理はとおっているが――」

光秀は地面にかかれた三角をにらんだ。

木下秀吉のやることには、かならず裏がある。深い裏なら騙されてもみるが、けっこう底が浅いから油断できない。

そこで気づいた。

「これ、別に信長殿の警護をせずとも成り立つ関係じゃないか？」

四　熙子

永禄二年（一五五九）正月。京都上京、明智十兵衛自宅。自宅、といっても、どこかの公家の邸宅の一角を借りた誰かが、さらに細かく割った裏長屋である。光秀の立場では、家主の名前さえ教えてもらえない。

「今かえった」

別段、声をかけるまでもない。ひと間しかないのだ。

扉をあけると、光秀は脇にかかえた鉄砲を三挺と、永楽銭の詰まった葛籠をあがりかまちにずしりと置いた。

「おかえりなさいませ」

明智光秀の正室、熙子(ひろこ)はかまちに手をついて頭をさげた。

熙子は頭を頭巾でかくしていた。

「これは、わたくしの髪のお代にしてはいささか多すぎるような」

「仕事ができた」

光秀はたまらず熙子から目をそらした。熙子は当年三十歳。十六のときに嫁いでから十四年になる。元領主の正室ならば下働きの女たちがいるのが普通だが、光秀にはとてもそんな余裕はない。

光秀は生来の稼ぎ下手で、いつもかねがない。苦労ばかりさせている、という引け目があった。

「あといちにち早ければ、そなたも髪を切らずにすんだ。ゆるせ」

「それよりも、どのようなお仕事なのですか」

熙子は光秀の目をみすえた。

「鉄砲は本当に安くなった」

光秀は目をそらした。

秀吉から渡された銭で、売りとばしていた三挺の鉄砲を買い戻し、十分な弾薬を仕入れることができて、それでもまだ銭はたっぷりと余った。

慢性的に金欠で、「銭が余る」という経験に当惑していることが第一。そしてそのかせいだ銭は、単なる手付金で、しかも夢や希望とは無縁で、熙子への申し訳なさがあるのが第二。

「私が堺で鉄砲術を覚えたばかりの頃は、鉄砲一挺で馬が五頭は買えたが、いまは猟師も使うからな」

光秀が鉄砲術を覚えた当時は奇術・珍芸のたぐいだったが、種子島に南蛮人が漂着して南蛮からの直輸入がはじまり、根来(ねごろ)や国友などで国産に成功すると、戦国時代という事情もあって爆発的に普及していた。

「どのようなお仕事ですか」

「織田信長の用心棒」

「織田に仕官、ではなく、ですか」

「日銭は稼げる」

「あなたほどの鉄砲術の腕があるのに、ですか」

光秀はなにもない時代から鉄砲を覚えたので、鉄砲に関することはほとんど一人でできる。弾丸の鋳造はもちろん、火薬の調合や機関部の修理修繕、火縄を編むことまで、なんでもだ。

「時代を先取りしすぎた。私が鉄砲を自在にあつかえることを誰も知らぬ」

このころ鉄砲術の名手として高名だった者としては、武田信玄に鉄砲を教えた佐藤一甫や織田信長に鉄砲術を教えた橋本一巴などがいる。光秀よりも若いかれらでさえ、まだ理解されるには時代が早く、鉄砲術が刀術や弓術のように流派を立てるには江戸時代を待たなければならない。

「時代を先取りしすぎると、見向きもされない。いいか、戦国武将は、仕事としてはいかにも不安定だ。足軽としてならともかく、騎馬武者として槍をもってとびあるくには、馬も要る。甲冑を運ぶ者も要る。日々の固定費がかかるのに、戦功を得られるのは運次第なのだ」

「運次第で面白いから、戦国武将は三日やったらやめられないのではありませぬか」

博打のような人生を送ってきた身である。

「そう言われると返すことばがないが——これほどまでに私は人生の底つづきなのに、そなたはよく私のもとを離れぬな」

「『苦しいときに見捨てては夫婦ではない』とは、殿がおおせになったことにございます」

「二十年ちかく前の話だ。差し引きしたら、そなたのほうが損をしているとおもう」

結婚したときには、光秀が貸しをつくった形になってはいたが。

☆

明智光秀は晩婚である。明智一族の妻木氏から縁談がもちこまれたのは三十歳のとき。

ここまで婚期が遅れたのは、元服してから二十七になるまで京都や堺に単身で留学していたという事情が大きい。

明智一族は斎藤道三から左遷され、他の美濃衆からも疎んじられていて、微妙な立場にあった。同じ明智一族の妻木氏と明智光秀が縁組をするのはごく自然な成り行きであった。

戦国時代の政略結婚としてはめずらしく、婚前に顔をあわせた。三十の光秀からみれば十六歳の熙子は娘のようなものだったが、なんとはなしに気が合い、顔を合わせたその日に婚儀を承諾した。

だが、それからほどなくして熙子は疱瘡（天然痘）にかかり、顔に無数の醜い疱痕（あばた）が残った。

妻木氏からは「熙子に妹がいるのでそちらを嫁にやるが」と申し出があったが、光秀は、

「苦しいときに見捨てては夫婦ではない」

とこたえ、熙子が快癒するのを待って結婚した。

そこだけをとりあげればものすげえ美談のようにみえるが、いちおう、光秀には光秀なりの計算があった。

疱瘡にかかった直後の顔面は岩のようだが、年月が経つとおさまってくる。光秀は熙子が疱瘡にかかる前の美しさを知っていて、「おさまれば美人にもどる」という下品なもくろみはある。

そして、明智庄の台所の苦しさもあった。算盤をはじいて収支をたしかめると、早晩、召し抱えている取次や女房衆に暇をださないと難しい。貸しをつくっておけば多少の困窮も我

慢してくれるだろうという読みもある。

しかし、いちばんの理由は、なんだかんだ言いながらも、光秀が煕子に一目惚れしていたことであった。

あれから年月を経て、光秀は四十四、煕子は三十となったが、二人の間にいまだに子供はいない。

煕子は、

「側女を置いて子をなしてはいかがですか」

としきりに側室を置くことをすすめはするものの、光秀は、

「どうせ子をなすなら、そなたともうけるのが先だ」

と断って今日にいたっている。戦国時代である。女性の三十歳は高齢出産で、子をあきらめる歳であった。

ちなみに長女・玉（細川ガラシア）が生まれるのは、この四年後の永禄六年（一五六三）。長男・明智十五郎光慶が生まれるのは、この十一年後の元亀元年（一五七〇）のこと。子供のいない、二人だけの生活が長い。

「どうしても子供が必要になるなら、出来のよさげな成人を養子にもらったほうが早いとおもう」

そう光秀がこたえると、煕子は実に微妙な表情をした。

いうまでもなく、「子供はいらない」とは、名を残すのを第一とする戦国武将としては異

様な発想である。光秀は自覚していないだけで、織田信長の奇行をわらえない。

明智十兵衛光秀四十四歳。無類の博打好きで銭勘定が得意なくせに人生の博打は常に負けて銭にはまったく縁がない。

☆

「あなたは何をなさりたいのですか」

「何をしたいかはわからないが、何もやっていないことだけはわかる」

「そうですか」

「武田信玄は甲斐どころか、信濃も手に入れた。今川義元は遠江・三河を落とした。かれらは私よりも若い。私は、ここで何をしているのだろう」

「わたしと、暮らしているんですよ。不満ですか？」

不満、とはすこし違う。熙子には満足している。

「今川義元や武田信玄が『若い』と思っていたら、自分の息子ほどの織田信長が、ほとんど身ひとつから尾張一国をまとめあげた」

正確には信長は『身ひとつから』ではないのだが。

「私は、ここで何をしているのだろう」

「ここで、愚痴っているのです」

熙子は光秀の目をみすえて言った。

「あなたは、どうなりたいのですか」

痘瘡の痕はほとんど目立たなくなっていた。色ごとに興味のうすい光秀が、しみじみと「美しい」と思う女性はおおくない。

「初老になった。仕事は選べない。選ぶどころか仕事がない」

光秀は自分にいいきかせた。

「夢を持つような年ではなくなった」

「老いるとは、顔にではなく心に皺が寄ることにございます」

「私には、そなたがいるだけでいい」

「わたくしを、ご自身のあきらめの道具に使わないでください」

熙子は左手を伸ばして光秀の懐に突っ込んだ。光秀がいつも懐中にサイコロをいれているのを熙子は知っている。熙子はサイコロを二つ、左手に握った。

「勝負を。あなたは丁半どちら」

——何をやりだすのだ——

光秀はそう思いはしたものの、女や酒はなくても平気ながら博打はせずにはいられない自分である。即座にこたえた。

「半」

熙子はサイコロを床に投げた。乾いた音を立ててサイコロは転がり、「二」と「六」がでた。「丁」である。

「めずらしい。私の負けだ」

「はい。わたくしの勝ちです。私に運が向いてきました」

熙子はほほえんだ。

「だからあなたは、なんとかなる」

五　義輝

永禄二年（一五五九）正月。「花の御所」こと室町殿、本殿裏庭。

花の御所の造作は、足利幕府の本殿、といっても粗末なつくりで、神社に毛のはえたようなものだ。外壁は上塗りをする余裕はなく荒壁に板を打ち付けただけであった。

「明智様、ほんとうに公方（くぼう）さまがいりゃーすか」

木下秀吉は声をふるわせてたずねた。

「われわれは無位無官だからな。『下人が庭仕事をしているところをたまたま義輝将軍が来ただけ』という体裁をとることで話はつけた」

本来、ここに木下秀吉がいる理由はない。光秀のとりあえずの仕事は松平元康を足利義輝に引き合わせることなのだが、秀吉が「話が違う」と嫌がった。たしかに、元康と足利義輝との間に内々のツナギをつけるのに秀吉は不要だが、秀吉を義輝に内密に会わせておけば、義輝と織田信長の間にも内密の交渉経路ができるし、そこに光秀も噛める。これは今後、今川に仕官する際、役立つ、と光秀は踏んだ。

それはさておき。

光秀が義輝将軍に柔術の稽古をつけるときも、いま、ひざまずいて待っているのと似たような設定で庭先で稽古をつける。牢人の光秀は、階段に片足をかけることすら許されていない。

「私と木下は当然ですが、三河殿（松平元康）はわれらと同じ扱いでもうしわけありません」

「お気になさらないでください」

松平元康は、どこまでもさわやかである。

「拙者はあくまでも陰仕事で、名前を表にだせませんから」

「申次（もうしつぎ）の細川藤孝様を通して、上様（義輝将軍）には三河殿の事情をつたえてありますゆえ――」

光秀はいうべきかどうかすこし迷ったが、純情そのものの元康の表情をみると、つい口をついて出た。

「大丈夫でござる。私は木下と違いまする。三河殿をだましたりはしませぬゆえ、安気（あんき）になされませ」

「はい。信じております」

いやそこで「はい」というからややこしいんだ、と突っ込みたくなるのをこらえた。若年ながら辛酸をなめた生活の経験があるはずなのだが、松平元康はいかにも世間しらずで心もとない。

足利幕府は武家の棟梁といっても名ばかりで、権威は地に落ちている。

十三代将軍足利義輝は十二代将軍足利義晴の嫡男である。幾度となく幕府内の内乱で京都を脱出し、天文十五年（一五四六）、十一歳のとき、亡命先の近江坂本城で十三代将軍の職をついだ。

けれども征夷大将軍の名は武力の前には尻を拭く役にも立たない。将軍職についたまま京都と近江坂本との間で追放と帰還をくりかえした。直近では天文二十年（一五五一）に近江朽木谷に脱出した。

明智光秀が京都に移り住んで将軍の御殿の賭場に出入りをはじめたころ、まだ義輝は朽木谷にかくれていた。義輝将軍が京都に戻ってきたのは永禄元年（一五五八）十一月。はやい話が、つい先日のことである。

義輝将軍は当年二十四歳。義輝将軍の申次・細川藤孝は当年二十六歳。どちらも光秀からは息子といっていい年代である。足利幕府が若いのか、それとも経験が不足しているのか。あるいは経験豊富な者が死に絶えてしまっているのか。

いずれにせよ。

光秀は京にすれすぎていた。


「庭番、大義である」

足利義輝が殿上の廊下から、庭先に座す光秀・秀吉・元康にまとめて声をかけてきた。

「公儀は諸事倹素を旨としておるゆえ、賃銭はくだせぬ」

「重々承知申し候。大樹（将軍）のお役に立てることこそ末代に名を残す名誉に候」

光秀はひざまずいて額を地にこすりつけたままこたえた。もちろん、そんなことは光秀はまったく思っていない。足利将軍がいかに名ばかりどころかその名さえ風前の灯火だというのを目の当たりにすると、どうでもいいから銭をよこせといいたいのであるが。

「なれば、特にゆるす。面をあげよ」

「ありがたき幸せにございまする」

光秀にとっては日々の柔術の稽古の（しかも日当や謝金なしの）前のきまりきった仰々しい儀式にすぎないが、うしろでぬかずく木下秀吉と松平元康の緊張ぶりが光秀の背につたわってくる。

「これに控えしは三州住人岡崎次郎三郎、尾州住人木下藤吉郎」

「大義である。岡崎（松平元康）、余とそこもとの舅殿（今川義元）の件、承知しておる。

足利とそこもとの舅殿は縁者ゆえ、悪くはいたさぬ」

足利義輝は、すこし、首をかしげた。

「越後の長尾景虎（上杉謙信）は手勢をつれてわざわざ上洛した。美濃の斎藤義龍も室町殿を再建してくれる。ちかぢか上洛するゆえ、斎藤義龍も相伴衆に任ずる心づもりである」

なんの力もない足利将軍の、その相伴衆になんの価値があるのか。

価値がないことは誰よりも足利義輝本人がいちばんよくわかっているだろう。けれども、価値は、価値があると思う人間にとっては価値がある。長尾景虎が足利義輝の謁見をえてことのほか喜んだのはよく知られたことである。

ここいらの価値は腹のさぐりあいである。将軍の相伴衆に価値があるのではない。相伴衆に価値があると思わせることこそが大切なのだ。

「ありがたき幸せにございまする！」

松平元康が地面に額をこすりつけるのを横目でみながら、

――どこまで本気なんだ？　この若者は――

光秀は内心、首をかしげた。

岡崎や駿府にいるあいだなら、京都や征夷大将軍にあこがれる気持ちがあるのはわかる。だが、京は戦乱につぐ戦乱で焼け野原となってさびれている。

平安貴族がみやびな生活をしていたのは遠いとおい昔のこと。このころの京都は上京（かみぎょう）の御所あたりと下京（しもぎょう）にいくらか貴族の居館をのこすばかりで、どこもかしこも麦畑がひろがっていた。

足利義輝将軍が帰洛するとき、にわかづくりでも居館の造営が即座にできたのは、京都のそこらじゅうに空き地があったからである。はっきりいってこのころの京都は、堺や石山本願寺どころか、美濃国府井ノ口（後年の岐阜）よりもさびれていた。

そして、足利義輝将軍の主たる収入源は、光秀のみる限り、賭場のアガリである。寺格の認可や名ばかりの役職を発給することで収入を得ることもあるらしいが、光秀はいまのところ見たことはないし、それは賭場の運上金のような日銭ではない。

焼け野原に立つ、賭場からかすめとった銭で生きる将軍の、どこに権威や威光があるというのだ。

松平元康が、京都や将軍に、失望していないわけがない。

——本当にバカなのか、実は相当の狸なのか——

光秀がいままで遭遇したことのない種類の若者だということだけはわかった。


「そこなる尾州住人」

「尾張国中村木下在、平(たいらの)藤吉郎にござ候」

——どこの平氏なんだか——

たしか織田信長は桓武(かんむ)平氏だか藤原氏だかの流れだと聞いたことがあるが、木下秀吉が武家の家格だという話はたったいま、光秀がはじめて聞いた。源平どちらの流れを汲むにせよ、武家の出自を持つなら、ああも尾張の訛りはきつくない。

「尾張の太守、織田上総介（信長）からは表向き佐久間右衛門尉（信盛）より謁見の申し入れがあった。承知いたしておるか」

「御意に候。拙者が推参つかまつりしは、あくまで内々の用向きにござ候」

ところがいま、秀吉はまったく訛っていない。


武家が庶民と決定的にことなるのは言葉である。

武家には共通語があり、普通の庶民にはない。

武家は立場上、他国者や異なる社会階層の者と会話する必要が常にある。戦国武将が幼いころから孫子六韜をたたきこまれるのは、標準語や共通語が存在しないこの時代、他国者と会話をする手段が漢籍しかなかったからである。

足軽が他国者とまじわることは滅多にない。今川のように駿河・遠江・三河の三国が合同して軍事行動をおこす場合には足軽も共通の言葉が必要になるだろうが、そもそも言葉が異なる国を連合させせられるだけの大大名は、九州島津、中国毛利、東海今川、関東北条ぐらいのものなのだ。

光秀の知る、唯一の例外は京都の庶民である。これはあたりまえで、京都には日本全国からあらゆる種類の人間があつまってくる。共通の言葉が自然と形成された。だからこそ京都の庶民は情報に敏感で反応も早く、「京童」と呼ばれて恐れられた。木曽義仲の時代から、京童の機嫌をそこねては政権はもたない。


「わが主君、織田上総介信長の上洛が漏れ、闇討ちをもくろむ刺客団が編成され申し候。人数、姓名、手立てなどを洗いだしておりまする」

木下秀吉は流暢な武家言葉で足利義輝にこたえた。顔が貧相な猿のままなので実に不釣り合いで、秀吉があえて武家言葉をつかわない理由が、光秀にはなんとなくわかった。

「それで」

「刺客を雇った人物のほうが先に判明いたし申し候」

「何者か」

「美濃国主・斎藤一色治部大輔義龍」

「それで」

「ただちに美濃に人を遣わし、斎藤義龍による闇討ちをとめさせていただきたく」

「織田信長と斎藤義龍は敵対しておる。隙あらば討つのは戦国のならいである。余がやめさせる理由はいずこにありや」

「上様のため」

秀吉の、言葉がすぎる。だが、妙な風格があった。

「上様と美濃国主・斎藤義龍との仲のよさは周知のことに候。その一。斎藤義龍が父殺しの汚名をさけるため、上様に申請して幕臣一色氏を名乗ることを『上様から』許された。

その二。わが殿・織田信長がいまだ『上総介』を自称しているのに対し、斎藤義龍はおおやけに治部大輔に任ぜられております。

その三。斎藤義龍と織田信長の仲の悪さは周知の事実。斎藤義龍がわが殿・織田信長を密殺いたさば、上様が陰で糸を引いたと思われてもやむなきかと」

「ふむ」

足利義輝は面白そうにほほえんだ。

「信長が表向きの経路を通さずにそのほうを遣わした理由は」

「わが殿は斎藤義龍の刺客を知りませぬ。拙者の独断で推参つかまつった次第」

「つまり木下、そのほうが信長を救った功績をひとりじめしたい、と」

「御意」

「正直でよい」

足利義輝は声をたてて笑った。

「しじゅう命を狙われて周囲の陰謀にうんざりしている身である。腹蔵なき言葉は、たとえ無礼でも心地よい」

「ならば――」

「どうせ武功をひとりじめしたいのなら、そのほうの手で刺客を返り討ちにしたほうがよかろう」

「それは」

「斎藤と織田との喧嘩は両者の間で片付けるのが筋。どうにもならないときに両者から仲裁をもとめられてから出るのが征夷大将軍の仕事だ。それに、余が斎藤義龍をとめられぬ大きな理由がある」

「いかなる」

「斎藤義龍に見放されると、将軍家の台所がたちゆかなくなる。稲荷の灯油を盗もうとして取り押さえられるのは懲りた」

御意、と木下秀吉がこたえ、足利義輝はたからかに笑いながら御殿の奥に消えていった。

織田信長に向けられた暗殺団を討つのは、結局、明智光秀と木下秀吉と松平元康の三人でやらねばならない、ということであった。

六　主従

永禄二年（一五五九）正月。「花の御所」裏路地。

「なめた真似しくさりやがって」

光秀は左拳を秀吉の右脇腹の期門のツボに叩き込んだ。肝臓に直結する急所中の急所で、後年、いわゆるレバーブローと呼ばれるものである。秀吉が腹をかかえて崩れそうになるのを、襟元をつかんで引っぱりあげた。

「いいか、私自身の命もかかっているんだ。刺客の件は、どんな些細なことでも知らないと、こちらもあぶない。あれだけ色々おさえておきながら、私に刺客のことを何ひとつ教えないとはどういうつもりだ」

もともと、人生や命をかけるような仕事ではない。そんなものに手を染めなければ今日をしのぐことができない、焦りと怒りがあるのだ。

「……わしは、……わしなりに」

「言い訳を聞いているのではない。ほかに何を隠しているかをたずねているのだ」

「ぜんぶ話した――」

「――わけがなかろうが」

光秀は間髪入れずに秀吉の左脇腹の期門のツボに右の拳をたたきこむ。そして秀吉のうしろにまわった。秀吉が体をかがめて腹のなかのものを吐き出したからだ。飯の時間はとうにすぎているので、酸っぱい臭いの胃液しか出てこないが。

光秀は秀吉の後ろから襟をつかんで右腕を後ろ手に極める。

「あー、木下殿。明智殿に殴られて気を失うことを狙っておられるのでしたら無駄です。明智殿は、『失神させずに苦しむ急所』をわざわざ打っておられます。さっさとぜんぶ話したほうがいいとおもいます」

松平元康は淡々と告げた。体術の心得があること以上に、光秀の意図をよみとるだけの腕と目を持つ青年である。

「す――すべてを明かすわけには、ゆかんのや」

「木下、お前は馬鹿か。私に『隠している』と白状してどうするのだ」

光秀は秀吉の左手を地につけ、左手首を膝で極めた。さらに左手で秀吉の脇差を抜き、逆手にかまえた。

「漏れると、わしが困るのや」

「何も知らずにお前に罠にかけられると私が困る。私が銭だけで動いていると思われるのも不愉快な話だしな」

光秀は、脇差の切っ先を秀吉の左の小指にあてた。

「ひ」

「先刻三人で話したとおり、織田信長と今川義元に恩を売るのにお前は要らぬ。知っていることをさっさと吐けば、お前を織田信長とのつなぎにつかう。お前には吐かぬという選択肢はない。たいていの者は指を十本なくす前にすべて吐く。お前の指は十一本あるから、一本ぶん余計に痛い思いをするわけだが」

「じょ――冗談を」

「そう思うか」

光秀は秀吉の小指に当てた脇差に力をこめた。その瞬間、

「わわわわかりました！」

秀吉は絶叫した。

「総勢三十人、首魁の武将は五人、姓名ともどもわかっとるです！」

「手間をかけさせるな」

光秀は手をはなした。


「いまのところ氏名がわかっとるのは五人。小池吉内、平美作(へいのみまさか)、近松田面(たのも)、宮川八右衛門、野木次左衛門」

名前を聞いて光秀は首をかしげた。

「本当に美濃衆なのか？　私は美濃土岐源氏の出だが、そんな連中の名前をきいたことはないぞ」

秀吉は信用できない。

松平元康が口をはさんだ。

「明智殿、美濃をはなれて久しいゆえ、ご存じないのではありませんか」

「いいや、松平殿。平、近松、宮川などの姓は美濃では聞いたことがありませぬ」

地侍と姓は密接な関係がある。ほとんどすべての戦国武将は平氏か源氏を自称したうえで、

住所を通姓として使う。土岐源氏・「明智」十兵衛光秀自身、そうである。

斎藤道三・義龍の家臣に「近松」「平」姓は光秀は記憶にないし地名も心当たりはない。「宮川」は飛騨にある河川名に「宮川」があるが、美濃の国衆にいた記憶がない。「小池」や「野木」は、住んでいる近所に小さな池や野の木がある、の意味だから、姓から住居を割り出すことは難しい。

「嘘じゃ無ぁーです！」

五人の武将に足軽・雑人あわせて三十ならさほど珍しいとりあわせではない。武将ひとりにつき雑人六人と計算するとやや少ないので騎馬ではなく徒歩であろう。すると、鎧持ちなど荷物運びの雑人三人、槍足軽二人、弓一人といったところか。

「連中は『公方様（足利義輝将軍）が覚悟をきめて下命なされれば、信長を鉄砲で射殺するのはたやすきこと』と言っとります」

美濃・斎藤義龍から放たれた暗殺団ではあっても、実行するとなれば足利義輝の許可を待つ、ということである。

ただし、これだけでは足利義輝がどの程度関与しているかはわからない。

「鉄砲は幾挺ある」

軍事向けに運用が始まったといっても、まだ鉄砲の主たる用途が狩猟用の時代である。合戦のときだけ猟師が鉄砲足軽として駆り出されるのが通例で、さもなければ雑賀や根来の鉄砲傭兵集団を臨時に雇うかというところなのだ。

この六年前の天文二十二年（一五五三）、織田信長が斎藤道三と美濃・尾張の国境で会談したとき、信長が五百挺の鉄砲を持参してきたことに道三が驚嘆した。そんな時代である。

「一挺」

「だろうな」

「どういう意味でありゃーす」

「その刺客たち、いくさ場で鉄砲を見たことがあっても、実地で扱ったことがないんだろう。鉄砲に関しては素人だ」

「どうしてそんなことがわかりゃーすか」

「刺客たちの物言いが、いかにも鉄砲の効果を過大評価しているからだ。鉄砲は魔法の棒じゃない」

永禄二年のこの時期、鉄砲は武器としてはまだまだ珍しい部類にはいる。戦場で鉄砲の威力に圧倒されることは多いだろうが、実際に手にする機会はそう多くはない。

弾丸と弾薬さえ入手できれば鉄砲は弓矢にくらべて習熟は容易である。暗殺者の一団は堺あたりで買って、とりあえず何発か試射した、といったところか。

鉄砲は製造工程が複雑できわめて高価だが、連射がきかないというおおきな欠点がある。光秀が三挺の鉄砲を用意しているのは、発砲と冷却と玉込めを分担させるためで、一挺だけでは鉄砲は弓矢に勝てないからだ。

「連中が美濃からの刺客だという根拠は？」

「わが殿とは別に、わしは美濃経由で関ヶ原から近江路をとりまして」

「なぜ」

「美濃の下見」

敵方の地理を詳しく踏査するのも間者の仕事である。

「上洛の道中、こどもの雑人を手なずけまして。『湯治か？』とたずねたら、自慢気に『美濃から大事のお使いを請けとり、上総介殿（信長）の討手にて上り申し候』とこたえたのや」

「討ち手の連中がそんなに軽々しく口を滑らす理由は？」

「近江・志那（しな）の渡しの志那地蔵で連中と乗り合わせたとき、『どこからきたのや』と訊ねやーたんで、『三河から』とこたえたんですわ。ホレ、尾張・織田は美濃とは角（つの）つきあわせとりますが、美濃・斎藤と三河・今川は仲良ぅしとりゃーすで」

「そんなきつい尾張訛りで、どうやって三河者だと信じさせたというのだ」

「『近江名物鮒寿司が手に入ったたらー。食べりん、呑みりん』というたらそれだけで」

光秀は元康をみた。

「あまり上品な物言いではありませんが、三河市中の町人と見分けはつきませんね、拙者にも。どこで三河訛りをおぼえたのか、わかりませんが」

「連中はどうやって信長の上洛を知った？」

「わからんです——ほ、ほ、本当。斎藤義龍がどこからか、わが殿の内密の上洛を知って連中を雇ったのなら、連中が事情を知らんのも道理は通っとります」

「木下、大切なことを私に言い忘れているぞ」

「知っとることは全部吐きましたがー」

「そこまで知っているのなら、なぜ信長に知らせない？」

秀吉が、織田信長暗殺団を光秀と元康だけに片付けさせるのは不審である。秀吉は、有能な若者だが小器用さばかりが鼻について信用できない。


「それは――」

「織田信長が極秘で上洛の途についているといっても、尾張一国を支配してのけた大名だ。しかも上洛の動きが美濃・斎藤義龍に漏れているのだ。身ひとつで来るといっても伝令やら馬廻衆などをあわせれば、総勢百はくだるまい」

光秀の指摘に、秀吉は微妙な表情でこたえた。

「――総勢五十です。堺見物を先にしとりゃーす」

「ぎりぎりの人数だな。鉄砲は」

「あらせんです」

「ふむ。信長のほうが刺客より鉄砲に詳しい」

「なんでそんなことがいえやーす」

「敵に不意に襲われたとき、火薬と弾丸をこめて火縄に火をうつしている暇はないからな。鉄砲は、こちらから攻めるときか待ち伏せする場合には威力は絶大だが、不意の襲撃には弱い」

「はあ」

「——といった状況を勘案しても、信長が五十人連れてきているのなら、じゅうぶん刺客に対抗できる。私と松平元康殿の二人だけで三十人の刺客を迎え討つより、信長に刺客の事情をしらせたほうが、より確実に信長を守れる。なあ、木下」

「はい」

「お前、本当は織田信長の家臣や家来や密偵なんかじゃないんじゃないか？　勝手に信長の密偵だと名乗っているだけじゃないか？」

光秀のひとことは秀吉の急所だったらしい。秀吉の、皺の多い猿顔に、さっと血がのぼって赤くなった。そして、

「許せん！」

光秀につかみかかってきた。もちろん、光秀は身をかわし、秀吉は虚空をつかんで転倒したが。

「『許せん』もなにも」

光秀は地面に突っ伏している秀吉に続けた。

「前回、お前が明智庄を訪れたときも今回も、お前は自分を『織田の間者だ』と言った。み

ずから間者を名乗るのは珍しいんで信じたが、そもそもお前と織田信長がいっしょのところをみたことがない」

光秀がそう言うと、松平元康が口をはさんだ。

「ええと、明智殿。お言葉ながら、拙者は上総介（信長）殿と木下殿が一緒におられるのを幾度となくみています」

「いつのことでございますか」

「拙者が幼少のころ、織田信秀（信長の父）に誘拐された話はご存知でしょうか」

「だいたいのところは」

「誘拐されたとき、はじめは熱田に取り込められていましたが、わが父に見捨てられたのちは那古野万松寺（なごやばんしょうじ）にうつされました。拙者は六歳から八歳までそこで過ごしておりました」

「六歳から八歳、でございますか」

満年齢ならば五歳から七歳になる。その年頃のとき、自分は何をしていただろうか。

「物心ついた最初の記憶が、『若、御父上に見捨てられ申し候！』と家臣に抱かれて泣かれたことでございます」

と言われても、光秀は反応にこまった。松平元康は上品なたたずまいで、とてもそんな苦労人にはみえないのだが。

「そんなとき、織田信秀の目を盗んで上総介殿がしばしば『何ぞ難儀はしておらぬか』と米やら野菜やらを運んでくれました」

「いかにも『かぶき者』の織田信長らしい」

ひとつ間違えば信長自身が内通を疑われて処罰されかねない。若年時の信長の奇行は美濃・明智庄にも聞こえてきたが、ここまでとはおもわなかった。

「このとき上総介の従者として野菜をかついできたり、近在の農家から米やら野菜やらを調達してきたのが木下殿」

「それだと木下は十かそこらの餓鬼のはずですが」

「わしはまだ尾張中村に住んどって、家を飛び出す前の話だがや。那古野の城の物好きの若殿様は、ちょいちょい村に遊びに来ゃーたで、そのつきあいで」

「上総介殿は十四、木下殿は十一だったはずでございます。木下殿は当時とかわらず、十年ぶりに顔をあわせた折りも即座にわかりました」

もちろん、猿顔以上に秀吉の右の親指が二本あるのだ。これほど個人特定に便利な人物はいまい。だから間者としても大成できないのだろうが。

「ですから、木下殿が上総介殿の家来であるのは間違いありません」

光秀は一瞬、松平元康のいうことを信じかけた。だが、織田と岡崎松平は敵対していたのをおもいだした。

「松平殿におうかがいしたいのでございますが」

「はい」

「最後に織田信長と会ったのはいつでございましょうか」

「人質交換で駿府に返される直前にも訪れてくれましたので――ちょうど十年前ですね」

「その十年間に木下が織田から抜けていないという保証はいずこに」

松平元康は、すこし小首をかしげた。

「ありませんね」

「松平様！」

「いかにも明智殿がいわれるように、木下殿がまだ上総介殿の家人だという証左はどこにもありません」

「おふたりとも――」

「私を織田信長に会わせろ。それだけで疑念が晴れる。松平殿は織田の前にうかつに顔をだせば捕縛される可能性があるが、私は主人のない一介の牢人だ。庭先で顔をみせることぐらい造作がなかろうが」

「そうやけど――」

「なぜ私を信長に会わせたくないのだ？　お前は本当に織田信長の者なのか？」

光秀がさえぎると、秀吉の顔面はさらに赤くなった。

――私は、ここで何をしているのだ――

光秀は我に返った。

自分の息子ほどの年ごろの、金策だけが取り柄の下賤の出で評価されない若者の、急所を叩いて潰して傷口に塩を塗りこむような真似をしても、いまの行き詰まった状況が、改善されるわけじゃない。

「よかろう。私や松平殿がお前の頭ごしに織田信長と交渉するんじゃなかろうかと案じているのなら、その心配は無用だ。私は織田信長に仕官するつもりはない」

「なんでや」

「織田に私の居場所があるとおもうか」

いまの織田家は全体におどろくほど若い。

織田信長は代替わりしてからわずか八年で身辺から先代・織田信秀の旧臣のほとんどを追い出した。当主織田信長は二十六歳。信長の重臣・柴田勝家、佐久間信盛は三十をこえたばかり。丹羽長秀は二十五歳。光秀はたまたま子供にめぐまれていないが、四十四歳の光秀にとって、織田の中心で動いているのは息子の世代なのだ。

自分が雇う側に立って考えればわかる。雇いいれ、自分の家中の風になじませ、町人の言葉をおぼえさせ（足軽たちと意思の疎通ができなければ武将として使えない。よそ者をやといいれる場合、言葉の問題はおおきいのだ）、土地勘をやしなわせたうえで、はじめて戦力として勘定できる。そんなとき、自分の親ほどの年代の者を頭ごなしに怒鳴りつけしつけるか？　否であろう。人材を育成するには若さが必要だ。

秀吉はかなりながいこと光秀の目をみて考えていたが、結局、

「そうやな」

「手を打とう。私と松平殿が見えるところで、木下は織田信長と顔をあわせろ。それで信じ

てやる。——松平殿、それでよろしいか」

「ふむ。よい案です。拙者はそれで構いません。拙者は織田の衆と会うのは避けたいですしね。ただ——」

「ただ？」

「ただ会うだけなら、先刻の公方様（足利義輝）と我々のようなもので、それだけでは主従とはかぎりません。君臣のあかしを、拙者たちに見せてもらわないと」

松平元康は微笑んだ。

この若者のほうが、光秀よりも疑り深い。

七　過酷

京都二条。

光秀と元康は、麦畑の納屋に身をひそめ、木下秀吉が百姓家に向かってゆくのをみつめていた。

「織田様は、あそこにおられるのでしょうか」

「そのようでございますな」

戦国時代のこの時期、京都は最も荒れていたときであった。応仁の乱以後、京都は戦乱に次ぐ戦乱で、上京は一条のあたり、下京は三条から五条あたりをのこして焼け野原となっていた。京都が都市としての体裁を整えるのは天下統一が成って豊臣秀吉が整備してからである。

秀吉によれば信長はすでに泉州堺の見物を終え、二条の、麦畑にかこまれた一軒家の農家に宿をとっているという。

上京と下京の間はとりあえず麦畑となっている。麦の若芽が伸びてはいたが、くるぶしの高さで、とても身をかくす場所はなくて参った。

光秀は三挺の鉄砲を背中にくくりつけ、火縄に火をつけて腰にはさんだ。松平元康は半弓に弦を張り、箙(えびら)に矢を突っ込んで臨戦態勢を整えていた。

秀吉の気がかわって松平元康を信長に売ることにしたら、面前の百姓家に詰めている信長の馬廻衆たちが、こちらに攻め寄せてくるからである。

「松平殿」

光秀は視線を納屋の窓のむこうにみえる信長の宿所をみたままつづけた。

「はい」

「この一件が片付いたら、今川治部大輔(じぶだいぶ)(義元)殿へのとりなしを、くれぐれもよしなにお願いつかまつる」

「もちろんです。わが御屋形もよろこびましょう」

元康はさわやかに笑った。

「明智殿は足利将軍との伝手もある、鉄砲術にお詳しく、柔術などの武芸にも長けておられます。明智殿は、いったいどこでこれらのことを身におつけになったのですか」

「若いころ、十年ほど畿内におりまして種々学んだのでございますが――松平殿こそ、かなりの体術の達者とお見受けいたしまするが、いずこで学ばれたのでありましょうや」

「刀術は奥山新影流、馬術は大坪流、弓術は竹林流でございます」

「それは」

――どう解釈したものか――

後年、「武道」として武将の必須の素養とされた武芸は、戦国時代、その実用性を軽んじられ「芸事」としてむしろ蔑まれた時代である。もちろん身につけておいて損はない芸事ではあるが。

他の芸事同様、教授料は安くはないはずで、これほどあれこれ武芸を習得しているということは。

――よほど暇なのか金が余っているのか、それとも必要に迫られているのか――

目の前の、織田信長の宿所になっている、麦畑のなかの農家の一軒家には、まだ、動きがない。

「わが御屋形に手厚く遇していただいているもので、御屋形より『武芸を修めよ』と命じられたのです」

元康の父親、松平広忠は岡崎城にいるとき、家臣に暗殺された。自分の身を自分で守る技能は、たしかに必要ではある。

「わが妻は御屋形の養女となって拙者のもとに嫁してまいりました。わが御屋形はいわば拙者の舅も同然でございます」

「御正室はいずこにお住まいでござりまするか」

「駿府で、わが息子と一緒に暮らしております」

要するに人質である。

——微妙な立場に置かれている青年だ——

つまり岡崎城主・松平元康は、岡崎城主でありながら岡崎城ではなく駿府に住み、丁重に扱われてはいても武芸を学ばせられ（つまりいざとなったら今川の者は守ってくれない、ということだ）、婿同然に扱いながらも信用されておらず人質を駿府に置かされている。

「明智殿は、なぜ今川に仕官しようとおもわれたのです？」

「年齢、かな。治部大輔殿は私と三歳しか違わない。ほぼ同世代なので、気分が楽ではなかろうかと」

偽りはないが、こうして口にしてみると、われながらいい加減な志望動機である。

「なるほど。今川はいま、武田と北条にはさまれ、人材が欲しいときいております、わが御屋形もよろこばれるとおもいます」

「いたみいりまする」

今川に仕官がかなえば、この青年が自分の上司になることもあり得るのだ。口調にも気を配ろうというものだ。

「ちなみに、明智殿が鉄砲術と柔術の得手だとはわかりましたが、もっとも得意なものはなんでしょうか」

「博打に候」

光秀は懐中からサイコロをふたつ、とりだして地面に投げた。

「半」

三と四が出た。

「丁」

一と五が出た。

「――すごいですね……」

思い出したように元康は顔をあげた。

「ですが、花の賭場では大敗しておられた」

「あんな大敗は、したことがないし、これからもしない――人生の博打は、賽の目のようには行きませせぬが」

というか、光秀は人生の博打で裏目に張ってばかりいるので、ここにいるわけだが。

「明智殿はご家族は存命でありましょうか」

「父母は天寿をまっとうし、子供はおりませぬ」

「ご兄弟を殺したことはありますか」

「まさか」

光秀が苦笑すると、

「そこで笑いが出るのが何より勝ち目を出した証拠です」

元康は真顔でこたえた。

「拙者の父は殺され、生母は政略で離縁されてほとんど顔を知らず、物心がついたときには織田弾正（信秀）にさらわれて囚われの身で、いまは妻子を駿府に置いているので、すこしでも今川の不利になることをすれば、たちまち妻子とも磔刑に処せられます」

そこまで一気にいうと、元康は自分の言葉にうなずいた。

言われてみれば、織田信長や斎藤道三、武田信玄、今川義元など、名のしれた国持ち大名で、家族を殺していないほうがすくない。

そのとき。

目の前の農家の門がひらき、わらわらと織田の馬廻衆たちが表にでてきた。

「来ますな」

光秀は背から鉄砲をおろし、火縄に点火した。

農家から木下秀吉が飛び出してきて――

「あれが、織田上総介信長殿です」

光秀と元康が身をひそめている納屋と、織田信長の宿所の百姓家との距離はおよそ三十間（約五四メートル）。向かい風なので火縄の臭いを気づかれる心配はない。

生まれて初めてみる織田信長は、中肉中背で細面という、さして特徴のない外見ながら、この距離でも表情のわかる、はっきりとした目鼻立ちをしていた。声は聞こえない。

織田信長は門外で立ち止まり、光秀たちのいる納屋をみた。

織田信長は、光秀たちと目があった。

「ひっ」

元康は喉を鳴らして首をすくめた。

「しずかに」

光秀は、目をそらさずに元康をたしなめた。信長の眼力に身がすくむのは光秀もおなじだが。

信長ににらまれたとおもったのなら、それは気のせいだ。

近くはないが、遠くもない距離である。なまじ反応するほうが気取られる。

光秀と元康の目の前で、木下秀吉が信長にむかって地にひれふした。

「もし――」

秀吉は信用できない。

秀吉が、一介の牢人にすぎない光秀を信長に売っても得はない。だが、今川の重臣で三河衆の棟梁である松平元康を織田に生け捕りにさせればおおきな戦功になる。

「もし木下が裏切って織田の馬廻衆とこちらになだれこんできたら、私がここでささえるので、松平殿は逃げてください」

「そうもゆきませんよ。拙者はこれでもいちおう、三河衆の棟梁なので、それらしくふるまわないと」

「誰も見ておりませぬ」

「否。誰がみているかわかりません」

――糞まじめというか度をすぎた律儀というか――

次の瞬間。

織田信長は木下秀吉のこめかみのあたりに拳をたたきつけた。

秀吉は無防備にあおむけにひっくりかえった。

織田信長と馬廻衆たちは宿所のなかにひきかえした。

「これで決まり、ですね」

「まあ、顔面ぶん殴られるような雑人でも、家来でなければ手をあげませぬからなあ」

秀吉が織田信長の家人だと証明しただけでなく、織田家中でいかに低くみられ、そしてなぜ秀吉が躍起になって織田家中で名をあげようとしているのか、これでわかった。

「それにしても」

光秀は火縄の火を踏み消しながら元康につぶやいた。

「ああもぞんざいに扱われるのであれば、織田の家臣にはなりたくはありませぬな」

「わが御屋形、今川治部大輔は、はるかに情に厚い人です」

秀吉は、まだおきあがってこない。

八　包囲

永禄二年（一五五九）正月、夜明け前。京都上京、明智十兵衛光秀自宅。

太陽太陰暦の正月は立春。「春が立つ」とは、ここから春がはじまる。

明智庄のことをおもえば京都の底冷えはたいしたことがないはずだったが、それでも尻の仙骨から左の膝裏の委中のツボにかけて、脚の奥から疼痛がはしる。冷えからくる痛みで、はやい話が老化である。すこし動けば痛みはなくなるのだが。

「もう、おでかけですか」

熙子が声をかけ、燭台の灯油に明かりをともした。

起こさないように気をつけたけれども、一間しかない裏長屋ではそうもゆかない。

「ああ」

素肌に籠手を通し脛当てをあて腹巻きを締めたうえで、小袖に腕を通して袴を穿き、革足袋を履く。鉄砲の玉と火薬を繭状に紙で包んで装弾を簡単にする「早具（はやご）」は、就寝前に三十発ぶんほど作っておいた。

「笑うかもしれぬが」

織田信長暗殺団の迎撃は合戦とは違う。自分の人生を賭けるたたかいではない。命をかけるつもりはまったくない。それでも、だ。

「籠手・脛当てや腹巻きを買い戻し、鉄砲の準備をしていると血が騒ぐな」

それでもまだ余裕をもって銭が残った。光秀は木炭と硫黄と硝石を使って火薬を自製できるので費用を抑えられるということもある。当分は飯の心配をせずにすむ。

「あなたは、勝手です」

熙子は燭台の明かりのなかで光秀の目をみつめた。

「そなたには苦労をかけてばかりだ。楽をさせてやりたい」

「楽がしたければ、とうにあなたと別れています」

「身も蓋もないな」

「夜明け前に軍装を整えて出かけるあなた様におうかがいしたいのですが」

「なんなりと」

「あなた様は、どうなりたいのです?」

先日も同じ質問をされた。

「一国一城のあるじ」

「本心は?」

光秀は、四十四歳という初老ながら草履取りの雑人すらいない牢人である。

乱世である。

木下秀吉のような二十代をすぎてほどない若者なら「身ひとつで一国一城」も可能性がないとはいえない。織田信長は十八歳から二十六歳の八年間で西尾張の豪族から尾張一国の太守になった。

だが、年齢の壁は高い。

人間五十年の時代である。挫折した経験の豊富さには自信があるが、経験は、ただ堆積するばかりで腐ろうとしている。光秀の年では、見られる夢も人生の選択肢も、多くはないのだ。

「一発当てたい」

人生の博打にははずれてばかりいる。

「一発。ほんとうに一発の幸運がほしい」

丁半博打なら、一度の大勝ちで流れがかわる。光秀にはその一発がなさすぎた。

「実力があるのは、わかるだろう?」

「よく、知っています」

武の面は、孫子六韜、といった兵学に通じ、体術では鉄砲術は種子島に銃砲がくるまえからあつかえ、柔術も槍術もできる。金を稼ぐ才と、ここ一番の運だけがない。

「武田信玄は私より五歳年下。今川義元は三歳年下。北条氏康は私より一歳年上。おなじくらいの年なのに、私が美濃の辺境で不遇をかこっている間、とつぜんあらわれ、そして手の届かぬ星となった。かれらと私と、どこがちがうのか」

運が、ちがう。

「博打ではなく、武将としての仕事で認められたい」

「あなたなら、みとめられます」

熙子はゆっくりとうなずいた。

「『いつまでに』と期限を区切らないこと。『なれたらいいなあ』とゆるく願うこと。そして願いつづけること。それだけで大丈夫です」

「のどかなものだ」

「あなたは、天下人に、なれます」

熙子の、自信に満ちた口調に光秀は溜息をついた。

「天下人、か――」

光秀は苦笑した。いかに乱世・下克上の世といえども一介の素牢人が最も出世したのは、後北条氏の始祖、北条早雲ぐらいで、それでも国主がせいぜいである。斎藤道三でさえ、美濃一国を支配するのに親子二代がかりだった。

ましてや光秀は、元服ほどないころこそ陽のあたる道にいたが、それははるか遠い昔のこと。斎藤道三の美濃乗っ取り以来、やることなすこと当たらない日々が十七年続き、いまは織田信長の密偵の下働きなのだ。「天下人」なぞ夢物語ですらない。

「そなたの自信の根拠は、どこにあるのやら」

「信じることに、根拠はいりません」

熙子は、自分の胸元に手をあてた。


同日、払暁。京都・三条富小路宿所。

京でもこのあたりは焼きうちからまぬがれ、街らしい雰囲気を残していた。腐っても鯛というか、荒れはてていてもみやこというか、とにかく宿屋がならんでいる場所である。

ただ、静かであった。朝と呼ぶにも早い。

「待たせたな」

光秀は宿所にあがった。木下秀吉と松平元康はすでに待機している。戦況によっては足袋跣で飛び出さねばならないので、三人とも黒の革足袋に足を包んでいる。

「木下、討ち手は間違いないいな」

「間違いあらせんです」

斎藤義龍にやとわれた、織田信長暗殺団が京に入ったというしらせをうけた。秀吉・元康の宿所の向かいの宿屋に集まっているという。

「連中の小間使いの子供を手なづけました」

「信じられるのか？」

「雑人の子供は、人扱いされなれとらせんで、大事にしたりゃぁ、かわいいものですわな」

「扱いかたを聞いているんじゃない。信じられるかと聞いている」

「わしは自分がどういう扱いを受けると嬉しかったか、覚えとりますで」

「明智殿、疑いだしたら、きりがありませんよ」

これは松平元康。今川義元の重臣で三河岡崎城城主の立場だというのに、本気でみずから織田信長暗殺団を迎撃するつもりで、光秀や木下秀吉と同様、衣服の下に籠手・脛当てに腹巻きという軍装であった。屋内でもとりまわしやすいように弦を張った半弓を小脇にかかえていた。

「そんなことより、人数が少なすぎへんですか」

秀吉はおちつかない様子でたずねた。

「討ち手は三十人、対するこちらは三人しかおらせんのや」

「二人、だな。木下、お前は員数に入っておらぬ」

光秀はさえぎった。秀吉も一応、軍装はそろえているけれど、あの体術の不得手ぶりからすると、むしろ邪魔である。打出の小槌のように資金が出てくるのは重宝するが。

「それでは――」

「われらの目的は、討ち手の戦意をくじくことだ」

いくさの目的を明示することは、すべての行動の基本である。

「討ち手の中核は五人の武将だ。三十人全員を相手にする必要はない。討ち手のめざすのは、織田信長を討って生きて美濃に帰って仕官することだ。主義や主張、義理や忠義で動いているわけではないから死を恐れる」

「それで？」

「五人のうちの何人かを鉄砲で射殺すればそれで十分だ。闇討ちの計画が漏れているということが連中に警告できれば、ことはすむ」

「そうやけど――」

「われわれの動きを討ち手に悟られないことも重要だ。人数が多いほど漏れる。連中は雑人もふくめて三十人もいるから、手下の雑人をひきしめることができない。敵から学べ。それでよろしいか、松平殿」

「拙者は了解しました」

松平元康は、半弓の弦をかるく弾いて、ちいさく鳴らした。

「されば」

光秀は窓をそっと開け、部屋の奥に背をあずけて立膝で銃を構え、向かい側の宿に狙いをさだめた。

銃声減衰の術である。

火縄銃の発射音は火薬の燃焼ガスが銃口と火皿から爆発的に噴き出すことでおこる。

現代の銃の場合、サプレッサーを銃口に装着することで燃焼ガスの噴射を分散させ、銃声を小さくする。

火縄銃の場合、屋内から発砲すれば燃焼ガスが室内で分散され、減音される。ほとんど知られていないが、明智光秀がまなんだ鉄砲術の技のひとつである。

戦国時代でもまだこの当時は主たる武器は弓矢である。無音の武器を使いたければ、わざわざ火縄銃の発射音を小さくする工夫をこらすよりも、弓で射殺すほうが手っ取り早い。

「銃声減衰の術」は実戦に使われることはほとんどない技術である。

織田信長暗殺団に鉄砲の装備があるのはわかっている。弓矢と鉄砲とでは殺傷力に圧倒的な差がある。鉄砲にはやはり鉄砲で対抗するのが、もっとも適切な戦術ではある。


「用意はいいですか」

光秀は三挺の火縄銃に点火し、二挺を秀吉に持たせ、座敷の奥の柱に背をあずけ、銃尾を頬にあてて松平元康に声をかけた。

「はい」

元康は雁股(かりまた)(先が二股で内側が刃になっている鏃(やじり))の矢を弓につがえた。

昨夜のうちに打ち合わせた段取りはこうだ。

織田信長暗殺団が、二階の窓際に部屋をとっているのはわかった。どういう並びかたで部屋にいるのかはわからない。

主将の五人は人相にさしたる特徴はないが、武将らしく陣羽織を着けているということはわかった。

そこまでわかれば、あとは特段苦労することはない。

雑人たちに囲まれていた場合、適当に一人を射殺すれば雑人たちは身をふせる。

主将たちは手下たちの手前、無理にでも堂々としてみせなければならない。見苦しいところを見せると、美濃に帰っても仕官できない可能性があるからだ。

このとき見栄をはって背筋を伸ばしているのが主将の五人の誰かになる。

二発目の狙撃で射殺したら、光秀たちは即座に離脱する。

離脱のための馬は宿の裏口につないである。

鴨川を越えて山中に逃れ、暗殺団たちがそこまで追ってきたら、数の多い少ないは関係なくなる。林のなかで待ち伏せして鉄砲で追手を撃ち殺せばいい。

火縄銃は武器の特性上、攻めでるときよりも、待ち伏せと守りのときに絶大な威力を発揮する。

「重ねて申す。無理は禁物。逃げるが勝ち」

「承知」

松平元康が弓を引き絞った。

木下秀吉は両脇に銃を一挺ずつかかえたまま、両耳をふさいで身をふせた。

明智光秀は、銃の火蓋をきった。小声で松平元康にささやいた。

「射て」

松平元康は、弦音とともに矢を放つと身を伏せて窓の陰にかくれた。

矢の雁股が向かいの寝所の窓の桟に命中した。

向かいの寝所の窓が音をたてて飛んだ。

だが——

向かいの寝所の部屋には、誰もいなかった。

ざわ、と全身が粟立つのがわかった。

「はめられた」

光秀は銃の火蓋を閉じた。

「逃げるぞ」

立場が逆転した。光秀たちが、襲われる側になったのだ。

光秀と秀吉と元康の三人は、転げおちるように階段を駆けおりた。まだ日の出前だが宿所の戸は開け放たれている。帳場にはだれもいない。

「奴らに先回りされましたか!」

元康の顔面は蒼白だった。光秀たちの動きが暗殺団に知られたのなら、光秀たちが逆襲されるのはむしろ当然である。

「焦るな、あわてるな」

光秀は帳場の土間をみた。掃いたほうきの跡が、未明のくらがりでもよくわかる。

「は……早う逃げましょまい！」

「返り討ちするつもりなら、返り討ちの返り討ちをしてやりましょう！」

秀吉と元康の反応は正反対だが、狼狽している点では同じだ。

――自分が連中ならどうする――

優先順位を間違えないことが重要である。

自分が暗殺団なら、信長の暗殺前に騒ぎを起こして信長側に動きを悟られるのは避ける。

「やつらは襲ってこない」

それは、間違いない。

「ただし、私達を見張ってもいる」

どこから自分たちの動きが漏れたか。

秀吉が籠絡した、暗殺団の雑人からだろう。

光秀や元康の容貌はさしたる特徴はないが、問題は例によって秀吉である。右手の親指が二本あるのは握り拳をつくらせれば簡単に隠せるが、「猿そっくりの小男」とひとことで容姿が伝えられるような見た目なのだ。見張られていたらそれまでだ。

「木下、銭はあるか」

「まあ、それなりに持っとりゃーすが」

「表が開いているということは、宿の下働きの者たちはすでに起きている。台所へまわれ。下働きの者に銭をやって、私たちの馬に乗せて東に走らせろ。鴨川を越させるんだ」

「囮にするんですか」

秀吉は眉をひそめた。流れ次第では囮が殺される。必要な犠牲だと光秀はおもうが、雑人出身の秀吉には抵抗があるらしい。

「頭巾をかぶせて顔を隠させろ。追手も洛中では騒ぎを起こしたくないだろうから、命を狙われることはない。囮の連中には、鴨川を越えたら殺される前にすぐに頭巾を外して顔をさらさせろ」

光秀が一気に言うと、秀吉は一度まばたいた。

秀吉は、体術には絶望的に才のない若者だが、金の工面と段取りには圧倒的な手腕を発揮する。

「行け」

「承知」

秀吉は台所へと消えていく。

そのうしろ姿を一瞬追ったものの、元康は光秀を不思議そうな目でみた。

「なにか、私の顔についておりますか」

「いえ。ただ、なにゆえ明智殿ほどの御仁が、いまだに牢人なのか、と」

そんなことは光秀自身が知りたい。

仕事は、ちゃんとやってきた。

まあ、立ち回りがうまくないのはみとめよう。博打は好きで得意だが、人生の博打はここ一番というところでしくじる。

——要するに、そういうことか——

「人生の決めどころの、踏ん張りが足らなかったような」

ふだんの行いよりも要所の押さえで人生は決まる。

ただし、わかるのが遅い。

そして、宿所の裏口から、馬のいななきと、蹄の音が高く鳴り去るのがきこえてきた。


三人は、走った。

光秀が先導し、松平元康と木下秀吉をしたがえて京都・上京を西に向かって早足ですすんだ。

暗殺団が数では圧倒している。正面からぶつかってはまったく勝ち目がないので、市街地のなかを小刻みに右に左にと曲がってゆく。

この三人のなかで、京都の道にいちばん詳しいのは当然ながら光秀である。

「木下、ちゃんと私たちのうしろを守れよ」

「へ——へい」

秀吉は小才がきくが武将には向いていない。すでに半分腰がひけている。ようするに、怖いのだ。

実戦では武芸はかならずしも必要ではないけれど、秀吉ほど体術の心得がないと、それはそれで難しい。ここまで武辺にうとくて、よく武将として出世したいと思うものだ。

その一方。

「われわれは、どこに向かっているのですか」

元康は左手に半弓と矢をかかえ、右手で脇差の柄をおさえ、小刻みに右に左にと辻を曲がる光秀のあとにつきながら声をかけてきた。

——この若者は——

あまりにも体術にくわしすぎる。

光秀は早足で西にすすみつつ、元康の様子に内心首をかしげた。

岡崎城主にして三河武士の棟梁という高い身分なのだから、武芸にここまで通じている必要がないのだ。

いま、光秀と元康と秀吉の三人は、暗殺団に追われる立場である。いつ敵が物陰からとびだすかわからない。

秀吉には「お前が下手に抜刀したり槍を振り回すとかえって邪魔だから、襲われたらとにかく逃げろ」と命じた。

光秀は弾薬をこめ、火縄に火がついたままの鉄砲を小脇にかかえている。だが、火バサミをあげ火蓋を切る、といった手間がある。とっさに敵と遭遇しても即座に発砲することはできない。ただし、鉄砲とは火薬の爆発に耐えうる厚さと頑丈さを兼ね備えた鉄の棒でもある。敵が目の前にあらわれたら、とりあえず鉄砲で殴り倒せばそれでいい。光秀には棒術の心得がある。

元康の弓術の腕は、いましがた目の当たりにしたばかり。左手に弓と矢の両方を握りしめているのは、敵と不意に出会ったとき、弓を引くより脇差を手裏剣として投げつけるほうが早いからだ。

城主と武将では役割がちがう。元康は本来、馬廻衆らに身を守られる立場なのだ。ここまで武芸に練達しているのは異様である。

――よほど今川の生活が過酷なのか――

まあ、現にこうして単身で織田信長の暗殺阻止に駆りだされているわけだが。

「われらの向かう先は、織田信長の宿所に候」

「しかし、それでは――」

織田信長を内密に警護している意味がない、といいたいらしい。

光秀は辻を左に曲がった。右に曲がると市街地がとぎれて麦畑になり、自分たちの姿がさらされる。それは避けたい。

「追手が織田信長を探しているのはわかっている」

織田信長の宿所を押さえている点では、光秀たちが有利ではある。

「先回りして待ち伏せしたほうがいい」

光秀は後ろを振り返って元康と秀吉につたえた。

そのとき。

「あ」

秀吉が全身をこわばらせて立ち止まった。

「どうした」

光秀も釣られて足をとめた。

元康も驚愕の表情でたちどまった。

秀吉がいきなり地にひれ伏した。

「ここで何をしているのだ、猿」

ざわ、と全身の肌が音とともに粟立った。まだ夜があけていないのに、やたら肌の粟立つ日である。

織田信長が、そこにいた。

九　不意

「何をしとるんだ、猿」

信長は、辻で立ちどまり、光秀たちを睥睨した。単身で伴の者がいない。路地の辻の塀の漆喰の、白さが目にしみる気がする。

「ひ」

秀吉はひれふしたまま喉を鳴らした。

「おっと」

光秀は勢いにつられてこたえた。

「げっ」

元康が固まったのが、ふりかえらずとも光秀にはわかった。

元康が、今川義元の重臣にして三河武士の棟梁だと信長に知られたら、その場で勾留されるか殺されるか。どちらにしても無事ではすまない。

しかも織田信長は、松平元康が六歳から八歳にかけての足かけ三年、さんざん元康と顔をあわせているのだ。もちろん八歳児と十八歳のいまでは声まで違うので、信長が気づくとは思えないが。

「こいつらは誰だ」

「濃州牢人、明智十兵衛光秀に候。木下藤吉郎殿にたのまれ、尾張の太守、織田上総介信長殿に向けられた刺客を迎え討ちにいたさんとしており申す」

光秀は名乗った。この三人のなかで、あれこれ隠さなくていい立場は自分ひとりだからである。

「ふむ」

信長は両手を腰にあてて鼻を鳴らした。

尾張統一時のいくさぶりの風聞は勇猛果敢ときいていたが、間近でみると目鼻立ちのととのった貴族顔のやさ男である。

ただ、二十六歳の若さにもかかわらず、無駄に威圧感が絶大であった。

「猿」

信長は光秀を無視して秀吉に声をかけた。

「アレはナニのはずやないのか」

「は？」

「光秀には聞いておらぬ。ソレがコレしておったのヤナ」

「へい。仰せのとおりでありゃーした」

秀吉が地面に額をこすりつけながらつづけた。

「御屋形（信長）の刺客の裏で、美濃・一色斎藤左京大夫義龍と駿府・今川治部大輔義元が手を握っていないか確かめましたが、いまのところ今川に動きなし。斎藤義龍の独断で、刺客も美濃とは主従の関係はあらせんです」

——これは——

会話なのか？

戦国武将で最も重要な能力は、意志疎通能力と決断力である。

織田信長が東国（関ヶ原以東を「東国」と呼んだ）でもまれなる名将なのは議論の余地はないのだが、それにしても、だ。

——信長が名将なのではなく、たんに幸運が続いただけなのではないか——

秀吉との会話が、すでに光秀にとって異次元である。そもそも本当に信長の意志を秀吉が忖度（そんたく）して口にしているかどうかもあやしい。アレだのソレだの適当にならべ、家臣がそれらしいことをいったらうなずいて辻褄をあわせているだけ、ということだってじゅうぶんありえるのだ。

光秀は、一流を多く見てきた。

京都に三年いて、「花の御所」の賭場に出入りし、将軍の柔術指南をやってきたのは伊達ではない。

一流の人物は、実績が一流なのではない。空気が一流なのだ。

織田信長の実績は、議論の余地なく一流だ。わずか八年で、混乱した尾張一国をとりまとめた。

小規模戦闘の天才であることはまちがいない。数百単位の小勢（こぜい）で何倍もの敵を叩き潰してきたのだ。

だが。

──こいつが「一流」か？──

光秀は内心首をかしげた。

威圧感はありすぎるくらいある。

抜群、といえばその通り。「群を抜いた」印象はある。

ただし。

群を抜いて馬鹿、
のほうがより近い。

「コイツは？」

信長は顎で松平元康をさした。

「尾州牢人、丹羽兵蔵と申し候」

元康が偽名でこたえると、信長は首をかしげた。

「五郎左（信長の重臣・丹羽長秀）の遠縁かなにかか？」

「否。旧・那古野城主、庵原安房守（いはらあわのかみ）の家来にて──」

「清洲で飼っておる那古野弥五郎の旧臣か」

「わが父がその筋と申しております る」

「おやじ（織田信秀）が追い出した那古野（なごや）城の、昔の持ち主・那古野弥五郎の、置き去りにした家臣のそのまた息子では、俺が知っているわけがないわな」

よくここまで略奪や占領を繰り返しているものだ、ともいえるが。

「明智殿同様、木下藤吉郎殿のなかだちで織田に仕官いたすべく、信長公の刺客の返り討ちに加勢いたした次第」

「ふむ——明智光秀は召し抱えるには歳をとりすぎているが——」

信長は明智光秀と松平元康をなめるようにみまわした。

「そこもとは若い。猿よりも使えそうだ」

ここで松平元康を「召しかかえる」と言い出すと話がややこしくなる。

「だが、運がなかったな。あきらめろ」

元康は不服げな顔をつくって身をのりだした。

「なにゆえ」

信長は声たかくわらった。

「俺を狙った刺客は、もう取り押さえた」

——馬鹿な——

光秀は、出しぬかれたのだ。

十　蛸

「討ち手の連中が二条蛸薬師でたむろっているのを押さえた。いま、金森五郎八（長近）を身元あらためために行かせておる」

　よほど嬉しいのか、信長は上機嫌で続けた。

　金森長近は信長の馬廻衆である。

「金森五郎八はもとは美濃の住人だ。明智は知っているか」

「御意。もと東美濃多治見（たじみ）の者で、明智庄の近在。父御が斎藤山城入道（道三）との政争に巻き込まれて美濃をはなれ、織田信秀公に仕官した、と聞いておりまする」

「面識は」

「私より十ばかり年若で――」

「あるのかないのか」

「あり申し候。本人は斎藤道三にも義龍にも恩怨なく、裏表のない人物で人に好かれる模様で、よく美濃にも出入りしており――」

「五郎八は、美濃での顔が広いのは確かなのヤナ」

　人の話を最後まで聞かない奴である。

「御意」

「討ち手は偽名を使っておるらしい。金森五郎八は『顔をみれば素性がわかる』というが本当か」

——金森長近の人脈を、私が知っているわけがないではないか——

光秀が一瞬、ことばを探すと間髪いれずに秀吉が、

「わかっとりゃーすはずです」

「そうヤロ、そうヤロ。五郎八は『拙者ひとりでじゅうぶん』と言いおった」

——こいつら大丈夫か？——

まず第一に、この会話そのものが、会話として成立していない。

第二に、刺客は三十人いるというのに、顔を知っている馬廻衆を単身で身元確認にいかせるのは、正常な判断とはおもえない。

そして何より、織田信長本人が、警護役の馬廻衆を連れず、ぶらぶらと単身で京都市中をあるいていることであった。

秀吉が把握している三十人以外にも斎藤義龍が刺客を放っている可能性があるし、そもそも信長自身、家督相続以来こんにちまで八年間、謀反と裏切りをたたき、踏み潰してきたのだ。その残党が信長の極秘上洛を知って後を追ってきている可能性が大なのだ。

ここで秀吉が真っ先に信長にたいしてやらねばならないのは、地べたにはいつくばって信長の機嫌をとることなんぞではない。

張り倒してでも押さえつけてでも信長を馬廻衆の輪の中に連れ戻し、身の安全をはかるの

信長が殺されれば尾張は崩壊してしまう。信長には男子が三人いるがいずれも幼少である。

戦国時代である。

主君の身の安全はすべてに優先される。

そんな当然のことさえ、もはや信長に進言できる者がいなくなっている、ということなのだ。

——織田の、先はながくない——

あの斎藤道三が高く評価した男である。「尾張の虎」と呼ばれた織田信秀が、ほかの子どもたちではなく、わざわざ後継者に指名した男である。荒れに荒れた尾張を、わずかな軍勢でなぎ倒し、斎藤道三に「敵にしたくない奴」とまで言わしめた男である。

どんな男かとおもった。

光秀は、織田信長に失望した。

——たんなる幸運者ではないか——

「話はそこまでだ」

信長は肩をゆらしながら、鼻歌でもうたいそうな様子で続けた。

「俺はこれから蛸薬師にいって、俺をこっそり殺しにきた連中をからかってくる」

——私は、ここで何をしているんだろう——

光秀は言葉をさがした。

牢人し、かねにも名にもならぬ義輝将軍の柔術指南をし、蓄えが尽きて妻が髪を売り、そのあげくに日銭稼ぎで密偵の下働きをして、しかもその下働きがまるで無駄足だったのだ。

明智光秀、四十四歳の初老である。

「猿」

「へい」

「俺は今日はとても機嫌がよい。『今川への内密のツナギをつくっておけ』という俺の命令を無視したのはゆるす」

昨日、木下秀吉が信長の宿所で殴り倒されたのは、その件だったというわけか。

「丹羽兵蔵（松平元康）」

「なんなりと」

「こたびは惜しいことをした。いくら俺でも、出し抜かれてしまったその場で召し抱えるのは無理だ」

「さもあらね」

「いまはできぬが、俺が尾張にもどったら『本当の名』で清洲城に来い」

信長は、ほんのすこし鼻の穴をふくらませて続けた。

「織田は身上(しんしょう)をのばしておる。若くて有能な者は歓迎する」

「ありがたきお言葉、いたみいりまする」

「――さて、明智十兵衛」

——馬鹿にするな——

信長の居丈高な物言いに、血が沸騰してくるのがわかった。光秀は信長が父親の褌（ふんどし）の中にいる時から戦国武将をしているのだ。ここまで虚仮（こけ）にされるいわれはない。

いかん、とおもっても、光秀はおさえがきかない。まあ、だからこそこの歳で牢人しているわけだが。

「私は織田にやとわれる気はない。貴殿にほめられても嬉しくともなんともない」

光秀は拳をにぎりしめながら続けた。

「貴殿は若いから気づかないだろうが、人は見えないところや知らないところで努力し、汗を流しているのを忘れるな」

「だからどうした？　努力に酔うな。苦労に甘えるな」

信長は、まばたきひとつせずに光秀にこたえた。

「努力に首はついていない。流した汗で感状（表彰状）は書けない」

俺は忙しい、と信長は言い残して立ち去り、光秀、秀吉、元康だけがその場にとりのこされた。

「なんだ、あれは」

光秀はおもわず口にだした。

「信長は何様のつもりだ」

「殿様でいりゃーす」

「ふざけるな」

光秀はおもわず手を伸ばした。光秀を虚仮にしたのは、この若者も同じである。めずらしく秀吉はその手を避けて元康の後ろに逃げた。

「きっつい思いをしたのは、あんただけじゃ無(に)ゃー！」

そして秀吉は元康のうしろから、頬を真っ赤に染めて肩越しに言い返した。

「あんたらを雇う銭はわしの自腹なのを忘れやーすな！　今川との陰のツナギ（人脈）づくりを命じられ、京都の今川の宿所と駿府との間をかけずりまわっとる間に、御屋形（信長）の闇討ちを知って、そちらを先にすることにしたのや！　わしは間違っとらせんがや！」

秀吉はつづけた。

「これでまた、わしの出世の芽がつぶれたがや！」

冗談ではない。光秀は、出世するどころか、仕官の手土産さえ、かすめとられたのだ。

「松平殿の陰にかくれてきゃんきゃん吠える前によく考えろ。どこから、誰が私たちのことを織田に漏らしたかわかるか？」

「わかったら苦労せーせん！」

「お前が銭を握らせて裏切らせた小童(こわつぱ)に決まっているだろうが！　かねで転ぶ奴は、別の金で簡単に転ぶ」

「裏切ったのは、あんたのほうじゃにゃーのか！」

「なんだとこの野郎」

言うに事欠いて、ということがある。

「わしは御屋形のご下命とお命を天秤にかけて、御屋形の命をとって出世を棒にふり、銭もなくした。あんたはもともとなくす物があらせんがや」

無茶苦茶な論理で、もはや子供の喧嘩である。

「いちばん損こいたのは、わしだがや！」

「よかろう」

光秀は肚をくくった。『なくす物がない』とまで屈辱的なことを言われて、ただですませるわけにはゆかない。もはや衣服が血まみれになってもかまわない。

「いいか。人は銭で動くだけじゃない。自分を見込んでくれた者のためになら死ねる、ということを忘れるな」

光秀の脳裏を、妻・熙子の姿がよぎった。自分への侮辱は、熙子への侮辱である。この餓鬼を殺す。

光秀は、しずかにいった。

「これ以上、何ひとつ損をしないようにしてやる」

「明智殿、しばし待たれませ」

元康が、一歩前に踏みだした。

「織田に『信長公暗殺の動きあり』としらせたのは拙者にございます」

元康の、腰の打刀のコヨリの封印が解かれ、いつでも抜刀できるようになっていた。この、体術達者の青年と斬りあいになったら無事ではすまない。光秀は、踏みとどまった。


「明智殿、木下殿をたばかりしこと、ひらにご容赦ください」

元康は光秀と秀吉に、交互に頭をさげた。

秀吉の物言いは腸（はらわた）が煮えくり返ったが、元康に騙されたとわかっても不思議と不快さはなかった。元康は、身元が判明すれば即座に織田の者に囲まれて殺されてもおかしくない立場に身を置き続けた。その勇気への敬意がある。

「今川の者として、織田に内々に恩を売る必要はあったのですが、上総介（信長）殿と顔をあわせるわけにもゆかなかったものですから」

「だったらわしらをだまくらかしてええんかや！」

「黙ってろ木下。──松平様のお立場上、牢人と織田の密偵を噛ませるわけにはゆかなかったのでございますな」

光秀の言葉に元康はすこしだけ迷う様子をみせたものの、

「もうしわけありませんが、その通りです」

「貴殿の誠実さは承知しました」

いい気分はしないが。

「私たちと行動をともにしていたのだから、事情に詳しいのはわかります。だが、どうやって織田に仔細をしらせることができたのです？」

元康の身辺に馬廻衆などが見当たらなかったのだが。

「織田信秀にかどわかされて以降、身辺に忍びの者を配するようにしておりますので」

それでは光秀も気づかないわけである。

この時代、忍びの多くは一時的な傭兵で、報酬次第で敵にも味方にもなった。

技能は盗賊と重複することもあり、仕事の性格上、地位もひくかった。『昼も草に臥して敵をはかる』から『草と言ひつれ』と『北条五代記』に遺されている、地に這う者は人員として勘定にいれなかった。草履取りや馬の口取りを人数に数えない——というより、人間としてみていないのと同様で、存在さえも無視するのが普通だからである。

「いつから？」

「木下殿に闇討ち者たちの返り討ちへ誘われてからです。木下殿とは、那古野万松寺でのとらわれのときからの知り合いでありますし」

「私が賭場で松平様に出会ったときにはすでに周囲を貴殿の忍びでかためていた、と？」

「固めるというよりも、賭場の客のほとんどが、わが手の者でございました」

光秀は耳を疑った。そんな気配はまったくあらわれていなかったからだ。

「なにゆえ？」

「費用の倹約です」

「は？」

「拙者が張った目と反対側の目を、拙者の手の者が拙者と同額張れば、場所代を払うだけで済むからです」

丁半博打は、要するにサイコロをはさんだその場の者が、場所代を払って互いの銭金をとりあう遊びである。

元康のいうとおり、丁目と半目に同額を張れば、同じところに戻ってくる理屈である。場所代は張った額に比例する。元康がちまちまと賭けていたのは、場所代の節約のためだったというわけだ。

それでも元康は、少額ながらも勝っていたが。

「よくそんな策を思いつきましたな」

「拙者は町びとにまじることはすくなく、賭場にはいったのも今回がうまれて初めてです。殿様の生活をしていると、庶民のくらしぶりはなかなかに面白うございます」

——けっこうな身分じゃないか——

食い詰めて妻の髪を売りにきて身ぐるみはがされた自分とはずいぶんとちがう。光秀がなにか言おうとしたが、間髪いれずに元康はつづけた。

「なにぶん、人質生活と、城をとりあげられた城主の生活しか存じませんので」

と、さわやかに笑顔でいわれると、光秀には返すことばがない。光秀と秀吉には失うものがないが、元康には失うものが多すぎて、想像もつかない。

「明智殿と木下殿にはもうしわけありませんが、拙者は拙者でなかなかつらい立場でございまして」

「わしはどうなるのや！」

「すでに木下殿は、上総介殿からの内密の下命をなしとげておられるではありませんか」

元康は自分で自分を指さした。

「織田と今川の裏のツナギの経路ができました。拙者をつうじて」

秀吉は黙った。元康の言うとおり。誠実そうにみえて、意外と食えない若者である。

「明智殿には申し訳ありませんが、明智殿を三河で召しかかえるわけにはゆきません」

「重々承知しておりまする」

三河松平は、家中の内紛を鎮圧するために今川義元がのりだし、本拠地の岡崎城さえ今川の管理下に置かざるをえない状態なのだ。あらたに外部から人材を登用する余裕があるわけがない。

「いますぐ今川に推挙するのも難しゅうございます」

「やはり年齢の壁は厚い」

「否定はいたしませんが、むしろ拙者の側の問題です。拙者も今川では弱くて難しい立場ですので」

「ですな」

「明智殿の力量はみとめます。安く売るわけにはゆかない——明智殿のためではなく、人材の価値を見極める力も査定されている身ですので、拙者のためです」

「了解しておりまする」

「明智殿の持っておられる京の知識と人のつながりは、いまの今川にはありません。遠からず明智殿が必要になります」

——どこまで信用していいのだろう？——

光秀は元康の誠実そうな目に心がうごいたが、気がついた。

——いまだまされたばかりではないか——

「そのときには、木下殿を通じて京都までしらせにゆかせます」

——この青年にできることはここまで、か——

「承知つかまつった」

若いのに苦労人で、微妙に嫌な奴だが、強くは責められない。松平元康は元康なりに、かぎられた権限のなかで精一杯のことをやってくれているのだ。

「——ということだそうだ。木下も呑んでさしあげろ」

「嫌や」

秀吉は即答した。

「わしは、いつまでこんな思いをせんならんのや」

「知るか」

いっこうに先が見えぬ日々にうんざりしているのは光秀とて同じことである。

「夜明け前はいちにちのうちでもっとも寒い。人生の夜は、いつ明けるかは誰も知らぬ」

「わしはずーっと夜明け前だがや」

「私だってそうだ」

「実は、拙者も」

おぼえず光秀はため息をついた。

「私たちの夜は、いつになったら明けるのやら」

「われらだけではありませぬ」

元康がこたえた。

「信長殿も、まだ夜明け前」


以下は後日談。

さすがに馬廻衆たちに必死でとめられたのか、その日、金森長近だけが暗殺団の身元を確認し、信長は二条蛸薬師の暗殺団の宿所をおとずれなかった。

ただし翌日、信長は暗殺団と小川表で対面した。

小川表は上京で京都では焼け落ちていないところにある。呉服店や寺院などがならび、ふだんから人通りの多い場所である。

「なんじらは上総介（信長）が討ち手にのぼりたるとな」

群衆の面前で信長は暗殺団を一喝した。

「若輩のやつばらが進退にて信長をねらうこと、蟷螂が斧とやらん、実ならず」

未熟者が信長をねらうとは、蟷螂の斧のごときもので、できるわけがない、と信長は言いはなった。

平家物語には『嬰児の貝をもって巨海をはかり。蟷螂の斧をいからして隆車に向かうがごとし』とある。身の程をわきまえない者が、巨大なものに立ち向かうことである。

「さりながら、ここにてつかまつるべく候や」

どうしてもやるというなら、ここでやってみろ、と大声で威嚇した。

前日、金森長近が暗殺団の身元が織田に把握されていることを本人たちにつたえている。すなわち、信長の身になにかあれば、暗殺団の家族が無事には済まない、と、内々で脅迫ずみである。

暗殺団の五人とその一団三十人は信長に手出しができず、退散した。

そして織田信長は足利義輝の謁見をうけた。

征夷大将軍と大国・尾張の太守との公式な会談では、一介の牢人である明智光秀の出る幕はない。足軽大将に毛がはえた程度の木下秀吉も無視され、もともと身元を隠して上洛している松平元康も無関係である。

足利義輝将軍の謁見に成功した織田信長は、数日後、京都を出た。帰路こそ襲撃の危険があるとおもったのか、洛外に出た翌日、近江守山から清洲までの二十七里（約一〇八キロメートル）を一日で駆け抜けて帰国した。通常、徒歩で移動できる距離は一時間で一里（四キロメートル）なので、いかに信長が帰路の暗殺を恐れていたかがよくわかる。

信長が白昼堂々、美濃・斎藤義龍の暗殺団と会談した事件は、たちまち京の者たちの話題になった。

このとき京の者たちの意見はふたつにわかれた。

「大将のことばには似あわず」と否定的にいう者がある一方で、「若き人には似あいたる」と好意的にみる者もいた。

いずれにせよ、このとき、織田信長という人物の、評価はまださだまっていない。


一年後。

永禄三年（一五六〇）四月。二条室町永福寺・蛸薬師堂。数え年のこととて、光秀は四十五歳となった。人間五十年。残る命数（めいすう）が片手で足りると、気は焦る。自分は何をしているのだろう。

光秀は妻・熙子（ひろこ）とともに蛸薬師に参詣にきた。

季節はずれの薬師もうでだが、別に理由はない。要するに、ヒマなんである。

室町御殿（将軍居所）のすぐ近くで、それなりに人出がある。緩慢な人の流れに身を任せていると、自分の人生が澱んでいないような、たとえゆるやかでも、前に進んでいるような気分になれる。前年の無駄働きは、なんのかんのといっても痛い。足踏みばかりで、何ひとつかわらない。

熙子の髪はもどり、うしろで結えるようになった。月日の経つのは無駄にはやい。

松平元康が「明智殿は遠からず今川に必要になる」と言いはしたが、織田も今川もこの一年、たいした動きはない。

今川義元が何ヶ月か前の永禄二年十月に、尾張と三河の国境ちかい尾張国大高城に今川の人員と兵糧をいれ、織田信長側は大高城を丸根・鷲津の砦で包囲して――すなわち、どちらもあまり本腰をいれてたたかってはいない。

よって、光秀の出番は、ない。

「みやこは、よい」

蛸がえがかれた絵馬をあがない、熙子に手渡しながら光秀はいった。

困窮の度合いは昨年が底で、いまは義輝将軍の御供衆・細川藤孝の紹介で柔術や鉄砲術の指南でどうにか食いつないでいる。本業の仕官の話はさっぱりでてこず、余業のほうで名が通っているのは不本意だが、ないよりはましであろう。

借金はないが、たくわえもない。

明日すごす銭があるか微妙だが、今日の米だけはある。

「ひとが多いと、なんだか心がやすまりますねえ」

熙子は絵馬に「夫婦息災」と書いた。

「私の仕官を祈願してくれぬのか」

「ほら、あなた様が牢人しておられると、いつもそばにいてくださるから」

「仕官せぬと、そなたに苦労させる」

「仕官してあなた様がいくさ場で討ち死にするほうが苦労です」

「髪を売らせたこともあるのに」

「でも、わたしは幸せです。あなたは生きている」

「だが、かねはあったほうがいい」

「もちろんです」

「出世したほうがいい」

「もちろんです」

「出世しないと従者を置くこともできぬしなあ」

光秀がつぶやくと、すかさず熙子はこたえた。

「いまのままなら側室も置くことができないから、わたくしは幸せです」

「つまり、出世してかねがあって従者がいて側室をおかず、いつも私がそなたのそばにいるのがいちばんいい、と」

「はい」

煕子はまばたきもせずに続けた。

「人生、欲張りは大切です」

といいつつ、いちばんの願いごとが「夫婦息災」なのだから、女心はわからない。

煕子が蛸の絵をこちらにむけて絵馬掛所に絵馬をかけようとした。だが、どの鉤もいっぱいでかけられない。

煕子が絵馬を持ったまま、

「これでは願がかけられませんねえ」

ためいきをついたとき、

「こちらがえーがや」

と、脇から煕子の手から絵馬をとって、足元ちかい、ひくいところに絵馬をかける者がいた。

親指が、二本あった。木下秀吉である。

「お前が薬師如来になるとでも言うのか」

ふりかえれば、忘れられない猿顔がそこにあった。

「わしゃなくて、岡崎松平元康様が、今川へのツナギをしてくりゃーす」

「不愉快だ」

「蛸の絵馬よりご利益はあるがや」

「絵馬は騙さん」

「騙されない一番の方法は、何もせんことや」

「じたばたあがいても、結局この年まで何もかわっていない」

「つまり、いままでのやりかたではあかん、ということがわかっただけや」

「お前になにがわかる」

「わしには間者や隠密仕事が向いとらんことがよくわかった。わしはまだ若い。いくらでもやり直すがや」

秀吉は、まばたきせずに光秀の目をみつめた。

「やりなおす気力が失せたときから、老いははじまるのや」

「聞いたふうな口をきく」

「酒に溺れて潰れた継父（ままちち）が、明智殿と同い年。早くに老いたがや」

すでに先例を知っている、ということか。

「道中の銭の心配はせんでええ」

秀吉は光秀の懐に、ずしり、と包みを押し込んだ。硬さと重さから、銭束が詰まっているのが知れた。

「私がお前に恵みを受ける理由がない」

「勘違いしたらあかん。わしが明智殿を銭で雇うんやない。わしが助けてもらうんや」

秀吉はまばたきもせず、腰をひくくしたまま光秀をみあげた。

「わしには銭を生む力しかあらせん。明智殿には土岐源氏の家格と、鉄砲術と、体術と、兵法と、足利将軍との裏の経路と、公方さまの御側衆にひけをとらない教養がありゃーす」

——妻の目の前で銭を受け取って卑屈になるわけにはゆかない——

「奥様」

秀吉は、泣き顔を熙子にみせた。若いくせにやたら皺の多い、眼光だけがやたらによくひかる。黒目がちな目は涙で濡れているようにさえみえた。

「夫婦息災のためにも、ぜひ、奥様からも十兵衛殿に」

「おもしろいひとですねえ」

熙子は、口元に手をあててくすくすと笑った。

弐章　今川三河守義元

一　岡崎

永禄三年五月一日（一五六〇年五月二五日・グレゴリオ暦一五六〇年六月五日）。岡崎城本丸台所。

三河国府・岡崎は、決して華やかな街ではない。三河は水運と漁業がさかんな国ではあるが、岡崎城はむしろ内陸にある。そこそこの規模の町とそこそこ裕福そうな人の波。往来は女性の姿も見かけた。城下の治安は、よい。

問題は、城のなか、だ。

「隠密仕事ばかりで申し訳ない」

松平次郎三郎元康（後年の徳川家康）は、月代に浮いた玉の汗をぬぐい、笄の先で頭髪の下の頭皮をぼりぼりと音を立てて掻きながら、土間にかしずく明智光秀と木下秀吉に向かって口をひらいた。暑いのだ。

元康の両脇には馬廻衆（護衛役）が二人、かためているが、光秀たちの背後の、戸の外にも守りの者がいるのが知れた。

光秀と秀吉は、松平元康の——というか、三河・松平家中の者たちからは、あまり歓迎されていないことだけは間違いない。

「いや、こうしてお約束どおり、お会いくださるだけでも恐悦至極にございまする」

光秀が丁重にかえすと秀吉がすかさず口をはさんだ。

「ホレ、ちゃんと会わせたる、ゆーたら会わせたるがや」

光秀は秀吉の自慢げな顔を一瞬はりたおしてやろうかと思ったが、周囲を元康の馬廻衆にかこまれているのをおもいだしておもいとどまった。

暑い、夏である。


永禄三年五月一日は西暦では一五六〇年五月二十五日であるが、これはユリウス暦での換算によるものである。

ユリウス暦は紀元前四十五年、ユリウス・カエサルによって制定された太陽暦である。千六百年間ほど使われたが、暦と実際の季節が異なる事態が生じてきたため、十六世紀になってローマ法王グレゴリウス十三世によってあらためられ、現代でも使われる「グレゴリオ暦」が制定された。

ユリウス暦一五八二年十月五日をグレゴリオ暦では十月十五日に定めた。日本では天正十年十月十五日にあたる。

　この、十日間の誤差が本書の物語となんの関係があるか。

　要するに、梅雨にかかるかかからないかという問題があるのだ。

　永禄三年五月一日を、現在つかわれているグレゴリオ暦で換算すると一五六〇年六月五日。東海地方では入梅直前の、湿度はないが強烈に暑い日の続く時期なのである。


　光秀は牢人の身のこととて、髷は大雑把に茶筅に結うだけで、油で固めることはしていない。見た目はさえないが、頭皮がかゆくなれば小指を束ねた髪につっこんで引っ掻けば髷が乱れることはないので気楽である。

　年があけて光秀は四十五歳になった。

「内々の話であり、台所にまわってもらったが、人払いはできぬ。ゆるせ」

　松平元康は年があけて十九歳。光秀たちへの口調は、目上の者からのものである。青年には違いないが、十八歳と十九歳ではやはり成長の度合いがちがう。なにより、京都の賭場で会えば対等な立場でも、三河岡崎城にはいれば、元康は三河武士の棟梁である。

　身ひとつで背中に三挺の鉄砲を筵（むしろ）でくくりつけただけの牢籠人（ろうろうにん）の光秀や、織田信長の密偵仕事から抜け出せない秀吉にとって、三河国内では雲の上の身分なのだ。

「もとより承知に候」

元康は名目上は三河武士の棟梁で岡崎城主だが、実際には岡崎城は今川義元の家臣が義元の代理として城にはいり、三河衆を統率している。

元康の警護役は、すなわち今川義元から派遣された者で、三河衆に不穏な動きがあればその場で松平元康を殺す役でもあるのだ。

ここで松平元康がかれらを遠ざけて光秀たちと密談すれば、元康自身の首がはねられる。松平元康がいかに今川義元に厚遇されているといっても、大組織に吸収合併された小組織の旧主という、微妙な立場であることにはちがいない。

「いまなら明智十兵衛をわが御屋形・今川治部大輔義元公に推挙できるゆえ、呼び寄せた」

「ありがたき幸せに存じ申し候」

光秀が頭を下げると、すかさず秀吉が口をはさんだ。

「なんで、いまなら推挙できるんきゃーも？」

「今川は東の北条、北の武田と話がついた。織田攻めに総力をかけられることになった」

「それでも『なんでいま』なのかがわからせんです」

「こたびの織田攻めの今川の軍勢は、総数四万」

「うげっ」

秀吉が喉を鳴らした。元康は秀吉の反応に満足げにうなずき、そして平然としている光秀にたずねた。

「明智はなにゆえ驚かかぬ」

「四万の将兵を動かせた例を知りませぬゆえ、集められるとは、にわかには信じがたく。旧主斎藤道三が斎藤義龍と戦ったとき、斎藤義龍は一万七千を集めたのを、私は目の当たりにいたしましたが、軍勢が一万を超えると、動かすことさえ難儀に候」

戦国の世である。

群雄割拠、とはきこえがいいが、はやい話が、中小零細の武将たちがこまごまと小勢で戦い続けている時代なのだ。美濃の斎藤義龍、尾張の織田信長のように一人の国主が一国を治めていればそれはすでに大所帯である。

電話も通信機もない、この時代、合戦時の指図は鉦(かね)や太鼓や法螺(ほら)しか方法がなく、部隊間の連絡は伝令が徒歩または馬で走るしか方法がない。

一万を超える大軍は、運用された事例そのものがめずらしいのだ。

まして四万である。

「いかにも」

元康はうなずいた。

「こたびの出陣は、御屋形が四万の大軍を動かす、ためしのものである」

大軍の運用技術の蓄積のための試験だ、ということだ。

合戦には莫大な費用がかかる。

成人一人が一年間に消費する米は一石。四万の軍を一年間保持すると米だけで四万石が必要になる。これは駿河一国の年間石高十五万石(『慶長三年地検目録』)の四分の一にあたる。

軍勢とは、なにもしなくても、単に動員するだけでこれだけの巨費がかかるものなのだ。最小限の損害で、最大限の利得をえるためには、効率を考えて試験するのは当然であろう。四万の大軍を、集合させ、進軍させ、小競り合いでいいので戦わせ、帰陣するまでのことを経験させるのが目的なのだ。

「もし大過なく四万の軍勢を自在に動かせるようになったなら――」

元康は、ほんの一瞬、遠い目をし、そして続けた。

「御屋形の上洛も夢ではない」

「ほう」

「今川が熱田湊を押さえることができれば、海路で桑名に渡って鈴鹿越えをすれば京都は目の前だ」

「まあそうですが」

「御屋形は、焦（じ）れておられる。美濃の斎藤義龍、尾張の織田信長、越後の上杉謙信はいずれも上洛しているのに、足利将軍の一族たる今川が動けないのはいかなることか、と」

駿河の今川氏は足利氏の支族である。

今川範国（のりくに）のとき、足利尊氏にしたがって足利幕府の創立に軍功を立てて駿河守護に任ぜられた名門なのだ。今川義元の父・氏親の時代に遠江を併合して戦国大名としての地位を固めた。

氏親が没すると後継者の座をめぐって騒乱があったが、義元が兄弟たちを滅亡させ、家臣たちをまとめあげた。

三河国は実は小国ではないし、今川が大国なのでもない。『慶長三年地検目録』によれば戦国末期の石高は、概算で三河国が二十九万石あるのに、駿河国は十五万石。遠江国は二十五万石しかない。

要するに三河は突出した人物に恵まれずに内紛が続いた。駿河・遠江は今川義元という人物に恵まれたために内紛も早々におさまった。三河国は家中の騒動をまとめるために今川義元という「人物」を選んだ、というわけだ。

今川義元は四十万石相当というけっして大きいとはいえない駿河・遠江の主であるにもかかわらず、じぶんの三分の二に匹敵する大きな三河国を政治力で呑み込んだのだ。

その今川義元の軍事手腕・政治手腕を人は賞賛してこう呼んだ。

「海道一の弓取り」

と。

その今川義元が、出来星（成りあがり）大名の美濃国斎藤義龍や尾張国織田信長、遠国の上杉謙信に上洛で出し抜かれて平穏でいられるわけがないのは、当然といえばいえるか。

「上洛までの経路はわれらが考える。表向きの交渉ごともわれらがなんとかする。だが、その下準備となる経路が要る。明智にはその役が適任、というわけだ」

松平元康は、居丈高な物言いをしながらも、ちらちらと横の警護役に目をやった。

「明智十兵衛光秀。そのほうは十三代将軍足利義輝公、ならびに申次衆・細川兵部大輔藤孝殿の柔術指南に相違ないな」

「御意」

そのとき元康の警護役のひとりが口をはさんだ。

「おそれながら松平次郎三郎様」

『御屋形』でも『殿』でもない敬称で呼ぶのだから、今川義元から派遣された寄騎（正式な籍をうつさずに、主君の命令で派遣される出向の武者）である。

「この者が将軍の兵法指南であることの証左はどこにありましょうか」

「余」

元康は即答した。

「それでは足らぬか」

光秀はかなり身だしなみには気をつけてはいるけれども、この暑さで汗まみれである。京都からの長旅で衣服は埃だらけ、髪には油をつけてもいない。月代だけは剃りあげているけれども、年齢からいって「ただ禿げているだけ」といわれればそれまで。文字通り蓬髪垢面の姿なのだ。今川の者が疑うのも当然であろう。

「余は御屋形のご下命によって隠密裏に上洛し、上様（義輝将軍）との内々の伝手をさがした。内々の伝手が金襴緞子に身をかためているわけがなかろう」

――この強弁は、身内の三河衆に向けたものか――

光秀は内心うなった。

無論、光秀には、元康のまわりをかためる警護の者の誰とだれが今川の者か三河衆なのか知るよしもない。

だが、もとをただせば三河衆が内輪もめばかりしていたからこそ、今川義元が松平氏の後援者となってまとめあげたのだ。松平元康の父・松平広忠は家臣に暗殺されている。

元康が今川義元の尻に敷かれているばかりで三河武士の棟梁の資格なし、と、家臣団にみなされれば、元康は父親同様に家臣団に殺されることになるだろう。

――今川に従わなければ今川に殺される。従いすぎると三河武士に殺される――

それを十九歳の若さでやらねばならないのだ。

光秀は立ち上がりながらこたえた。

「わが腕に疑義がござれば、いつでもお相手つかまつる。かかってきなさい」

よく考えれば柔術の腕の巧拙と足利義輝将軍との伝手の有無は関係ないのだが、この種のことは強く出たもの勝ちである。

元康の警護役たちがわずかにひるむ気配をみせた。

間髪いれずに元康はつづけた。

「ここに控えておる木下藤吉郎秀吉は織田上総介信長の直の隠密である」

「御意」

秀吉は真顔でこたえた。警護の者たちが身構える気配がある。

「先年、斎藤義龍が京で織田信長の闇討ち（暗殺）をはかった折り、信長への闇討ちを妨害するよう、余が御屋形よりご下命を受けたことは、一同、承知しておるな」

警護の者たちはうなずいた。

秀吉に体術の心得がまったくないことは、みればわかる。

「その折、織田方で手を尽くしたのがこの者である。隠密の御用ゆえ、木下を知らぬ者も多かろうが」

「みなさま、お見知りおきくりゃーせ」

「これで」

すかさず元康はつづけた。

「織田上総介信長との、内々の伝手もできたわけだ、者ども」

秀吉もたちあがった。

「信長様との表向きの交渉ごとは表向きで、内々の交渉ごとは、わしにまかせてくりゃーせ」

——どこが『まかせてくりゃーせ』だ——

なんのことはない、はやい話が、秀吉は光秀を手土産にして、戦況次第でいつでも今川に仕官がえするつもりなのだ。裏切る気まんまんである。――まあ、光秀もあまりひとをどうこう言える立場ではないが。

結局のところ、戦国の者とは、危機管理と欲と得と下心で動いているものなんである。

「ということだ。よいな」

元康が声をかけると、警護の者たちが納得の表情でうなずいた。

そのとき。

「今川をとめろ」

光秀たちの背後から、不意にかけてくる声があった。

光秀は振り返って絶句した。

織田信長が、たったひとりで、そこにいたのだ。


織田信長には、極秘のうちに突発的に単独で行動する癖がある。これは生涯を通じてなおらなかった。

前年の、不意の上洛だけではない。

合戦の最中に本陣を抜け出して最前線にとびだすこともあれば、平時に無断で城を抜けることもしばしばある。

下情にあかるいから、とか、こまごまとしたところを人まかせにできないから、とかいった性格は、ある。

だが最大の理由は、不測の行動をとることによって暗殺を防止するためである。

もっとも、この暗殺予防のための、突発的単独行動が、のちに本能寺の変を誘発することになるのだが。


織田信長は、不意に姿をあらわすなり、光秀の鼻先に指をつきつけてそう言った。

「今川をとめろ」

——なんだ、いきなり——

光秀はまず目を疑い、言葉を失った。

織田信長がなぜ岡崎城の台所にいるのか。

岡崎城には警護の者たちもいるのに、どうやって台所の裏口までたどりついたのか。

いや、そもそも、なぜ松平元康がいま岡崎城にいることを信長が知っているのか。松平元康はふだん駿府に住んでいて、平素の岡崎城は今川家中の城代が詰めているのだが。

行動が突飛で理解不能で無駄に耳が早い男なのはわかった。前年には唐突に泉州堺経由で上洛し、自分に向けられた暗殺団と直接面談して一喝するような男である。

その時は、五十人の手勢をつれて上洛したために美濃・斎藤義龍に動静をつかまれて暗殺団を送り込まれた。同行する人数がすくないほど機密が漏れにくいのは当然で、信長が極秘裏に岡崎城入りしようとすれば、本当にただひとりで入ってきたほうが話がはやいのも事実である。

ただし、やるかどうかは別問題。

そもそも、ここには今川義元から派遣された者たちも同席しているのだ。ここでせえのと信長を拉致して駿府に護送すれば即座に尾張は国ごと消滅してしまう。

松平元康は、周囲の馬廻衆に、

——手をだすな——

と、目で制した。

光秀は信長の隣でしゃがみこんでいる秀吉に、目でたずねた。

——まだ「うつけ者」なのか、こいつは？——

「御屋形（信長）、とめろ、と言いゃーしても」

秀吉は信長の脚にとりすがり、悲鳴にちかい声をあげた。

信長は秀吉の言葉を意に介さず、光秀に向かって続けた。

「竹千代が今川を止めなければみんなが困る」

「は？」

光秀は耳を疑った。

——「竹千代」とは誰だ？——

「信長殿、竹千代は拙者でござる」

元康が、驚いた様子を隠そうともせず、自分で自分の鼻先をゆびさした。

「いまは松平次郎三郎元康と名乗っており申し候」

「ふむ」

信長は腕を組んで元康をみた。

「ひさしぶりヤナ」

「およそ十一年ぶりにございます」

嘘である。

「上総介殿におかれましては、おかわりなく」

——なんで信長殿がここにいるのです？　拙者は何も聞いておりません——

元康は目を泳がせながら、目で光秀と秀吉にたずねた。

「竹千代が苦労続きで大きくなったとは知っておったが、それにしても老けこみすぎだと思った」

光秀はなんだか頭痛がしてきた。いくらなんでも十九歳の元康と四十五歳の光秀を間違えるほうがどうかしている。

「それよりも——」

元康は、ぶるぶるとふるえながら続けた。

「ここにいる者で、今川をとめないと困るのは信長殿ひとりだと承知しておられますか」

「よく聞け」

信長はうなずいて続けた。

「不満のない人生と満足できる人生を間違えるな」

いきなり人生を語りだした。

――なにがいいたいんだ、信長殿は――

元康は、おびえた表情で秀吉に目でたずねた。なにを考えているのかわからないのに、何かを確信している人間ほど、こわいものはない。

――「今川をとめろ」どころか、こいつを止める奴がいないのか、織田には――

光秀は秀吉を目で責めた。

――うちの殿が何をしたいかわかるようなら、ここにはおらせんです――

秀吉は、元康と光秀に目で言い訳した。

「お前ら、今は暗くはないか」

信長は言った。二十七で四十五の光秀に人生を説教たれる男である。

「今川がいると、ここにいる全員が暗いままではないか」

信長のひとことに、元康と秀吉と光秀は互いの顔を見合わせた。

ここにいる全員が、ではない。元康のまわりは、今川義元から寄騎（出向）している馬廻衆が警護役として固めているし、そもそも岡崎城代は今川義元の家臣なのだ。

「東はあちらだ」

信長は左手で天をゆびさした。その先はもちろん天などではなく天井である。

「俺にしたがって今川をとめるのが最良とはいわぬ。されど——」

信長は天をさした左手をにぎりしめ、その拳を光秀たちにつきだした。

「自分の夜明けは自分でつかめ！」

「お……おう……」

元康が、信長の勢いに呑まれ、右の拳をおずおずと突きあげた。

元康は、おびえた視線で光秀をみた。

——そこもとも、とりあえずやっておけ——

——御意——

「おう」

光秀の立場はいまのところ中立である。声もすこしはおおきくなる。

「わしに任せてくりゃーせ！」

秀吉は信長の脇からとびだし、全力で右の拳を天につきあげた。

岡崎城の台所のなか、織田信長と松平元康と明智光秀と木下秀吉の四人は、今川の寄騎の馬廻衆にかこまれながら、小声で「えいえいおう」と鬨の声をあげた。

——なにか、こう——

光秀は、心の奥歯をかみしめた。

——どうなるんだ、私は——

先のみえない、不安があった。

信長が立ち去ったあと、光秀はそのまま岡崎に投宿した。

宿駅制があるとはいえ、戦国時代のこととてさして機能はしていない――はずだったが、妙に人の往来が多く、にぎやかである。三河の国の規模からみて、どこかの百姓家で宿をたのむのを覚悟していたが、宿屋があきなわれているのが意外だった。

いまのままでは光秀は信長の間者なのか今川につくのか判断がつかず、駿府に通すのは時期尚早との判断からで、今川本隊が動いたところで、折りをみて今川義元に会わせることになった。

それはそれとして。

秀吉もひきつづき岡崎に滞在した。

光秀と同じ宿である。宿賃は秀吉がすべて前払いした。

牢人の光秀と違い、秀吉は現状はそのものずばり織田信長の間者なのだが、

「なまじ身分を隠すより、はじめっから知られとったほうが、殺されずにすむでえーがや」

と、涼しい顔をしている。たしかに、織田に知られたくない情報があるのなら秀吉を避ければ済むだけの話である。

それよりも。

夜ごとに秀吉が大量の銭を持ち帰ってくるのが面妖であった。

「どうしたんだ、これは」

「明智殿は明智殿の仕事に専念してくりゃーせ」

主戦場になると予想される、三河と尾張の国境地帯と岡崎はおおむね四里から五里（一六キロから二〇キロ）の距離がある。

光秀は夜明けまぎわに岡崎を出立し、大高や鳴海、天白など、戦場となりそうなところを踏査していた。今川義元の進軍にそなえ、戦場での土地勘を養うためである。

秀吉はといえば、同じく夜明け前に出かけるものの、乙川や矢作川の湊に出かけては何やらごちゃごちゃやり、身ひとつで帰ってくることもあれば、大量の銭を馬に乗せてくることもある。

「四万の軍が動くということは、四万の人間のかねが落ちるということだがや」

秀吉は、そんなこともわからないのかと目でいった。

「戦場になるというのに、か」

「岡崎は三河の国の都や。ここがいくさ場になるときは、今川が滅ぶとき」

「今川の大軍が岡崎に来るのだぞ」

「岡崎は今川の領地や。領民から掠奪（りゃくだつ）したらたちまち領民に逃げられるから、今川の衆は岡崎ではおとなしくする。いくさほど『かね』のかかるものはあらせんが、いくさほど『かね』が落ちてくるものもあらせんのや」

いわれてみればその通りではある。

人口調査のなかったこの当時でも、ひとつの都市で人口が十万を超えることはめったにないことは誰でも想像がつく。

四万の大軍が通るということは、巨大都市がまるごとぞろぞろと動くということなのだ。いわゆる大戦景気が発生する。

四万の大軍を野宿させるわけにはゆかない。岡崎城の周辺では農家が納屋や厩をしきりに改造したり増改築して宿屋をつくっている。光秀が宿屋に泊まれたのも、そのためだ。

女郎屋と賭場は真っ先につくられ、矢作川湊や乙川湊からは、さかんに物資が荷揚げされ、岡崎の町は、京のみやこもかくやというほどの活況を呈しているのが、よそ者の光秀の目からみてもわかった。

「それで?」

「かねは、まわりさえすれば増やすのは簡単や。右のものを左にまわすだけで倍になるがや」

要するに、急激な人口増と需要増を見越して米や軍事物資の相場があがり、秀吉は便乗して稼いでいる、ということだ。

「私には簡単ではない」

光秀は、いつも懐には悩まされている。かねを稼ぐ才能は本当にめぐまれず、蓄えもほとんどない。

「木下。おまえ、そんなに銭の工面が得意なら、なんで商売人をやらないんだ。武将をめざすよりも、はるかにそのほうが才能があるだろうが」

「人は、銭をうらやむが銭に頭を下げん」

秀吉は即答した。

いかにもその通り。

京都から岡崎へ来る旅費、光秀がいない間の留守宅の生活費、岡崎の滞在費、光秀の鉄砲の弾薬費など、諸費用はすべて秀吉がまかなっているが、光秀は秀吉に頭を下げたことは一度もない。

光秀が今川に仕官することができれば、秀吉は光秀に投資した以上のかねを回収できるのは、あきらかだからだ。

ともあれ、そんな具合に明智光秀は木下秀吉とともに岡崎に滞在していた。

だが、ほどなくして岡崎市中に、衝撃が走った。

永禄三年五月八日（一五六〇年六月一日・グレゴリオ暦六月一一日）。今川義元のもとに勅使が訪れ、勅令がくだったとのしらせが、岡崎市中を駆けぬけた。

今川義元の嫡男、今川氏真が従五位下治部大輔に任官された。

そして。

今川義元は、従四位下三河守に任官されたのだ。

正式に、今川義元は、三河の国主になったのだ。

そして、岡崎に集まっていた三河衆たちが論をはさむ間もまたず、永禄三年五月十日（一五六〇年六月三日・グレゴリオ暦六月一三日）、今川三河守義元は、嫡男・今川治部大輔氏真を留守居に置き、四万の大軍をひきいて駿府城を出立した。

二　沓掛

永禄三年五月十八日（一五六〇年六月一一日・グレゴリオ暦六月二一日）夕刻。三河国沓掛城・諏訪曲輪。

沓掛城は岡崎城の支城で、尾張との国境を争う城の、後方支援の役割である。地勢的に重要な位置にあるが、四万の大軍を収容できる施設はない。今川の者の多くが野営をとった。

諏訪曲輪は、その一角にある。

明智光秀は、木下秀吉とともに待機していた。

諏訪曲輪は沓掛城の本丸を見下ろす場所にあり、物見櫓が組んである。光秀と秀吉は、物見櫓の足元にいる。

光秀や秀吉は正式な軍議に呼ばれるわけはない。本丸から手拍子と鼓の音がして、軍議が終わり宴がはじまると、

「御屋形（今川義元）のおなりである」

松平元康が先に姿をあらわした。

「今年は空梅雨というか、日差しが刺さるように暑いのう」

今川『三河守』義元が姿をあらわした。

今川義元は当年四十二歳。明智光秀より三歳年下で、おおむね同世代である。けれども今川義元はとうに『海道一の弓取り』と呼ばれ、名将としての名を確立していた。

背はたかくもひくくもない。肩幅はひろく、恰幅がよい。

漆黒の狩衣に垂纓冠、顔は白く化粧をし、置き眉。歯は鉄漿で黒い。そして飾り太刀、右手に笏という、貴族の装束であらわれた。

合戦場に衣冠束帯でのぞむのは珍しいが、他の多くの戦国武将も合戦場で目立つために衣服に工夫をこらしているのだ。合戦場に平安貴族の姿で采配をふるえば、どんな武将よりも目立つ。

「夕立ちがあると、かなり楽になるな」

今川義元は諏訪曲輪にはいって光秀と秀吉の前に座ると、口をひらいた。

「内々の試問ゆえ、堅苦しい段取りはなしだ。面をあげよ」

光秀と秀吉は顔をあげた。

「拙者、濃州牢人、明智十兵衛光秀に候」

「手前は尾張国主織田上総介信長家来、木下藤吉郎にございまする」

「そこもとらの京での隠密警護ぶりについて、次郎三郎（松平元康）から聞いておる」

——ゆったりと話す男だ——

光秀は、今川義元の、そこがまず印象に残った。声が太い。

「織田信長の、命を守れ」

今川義元はしずかに口をひらいた。

「いまのままだと、信長は家臣たちに殺される。家臣たちに殺させるな。殺されそうになったら助けて京都でもどこでも構わぬので生き延びさせよ」

今川義元は、自分に言い聞かせるようにつづけた。

「あれほどの者は、死なせるのは惜しい」

実はこの時点で、今川義元は織田信長に勝ったことは、ない。


今川義元はもと僧侶である。

そして、凡将ではない。

足利将軍家の支族、という名門ながら、血脈だけで国主になったのでもない。

義元が十八歳のとき、当主である兄・今川氏輝の死去にともない還俗(げんぞく)した。

戦国の例にもれず兄弟たちと血で血を洗う家督相続争いをし、勝ち抜いた。

そして相模の北条氏と争って北条氏を伊豆まで後退させた。

一時分裂していた遠江を再編成・吸収合併したうえで、三河松平氏を支援し、駿河・遠江・三河の三国・概算六十九万六千石を領有する大国の主となった。

今川義元の強さの源泉は数字に明るいことにあった。

今川の統治は徹底した検地による税額の査定と、税収の増加による財政の強化がまず第一。この時代、土地の収益をはかる検地は、まだ一般的ではなかった。全国的な土地鑑定と税額査定である『太閤検地』が行われるのはこれよりはるか後年、二十二年後の天正十年（一五八二）である。

安部金山・富士金山の開発、皮革業者の駿府定住化といった殖産興業政策にも力をいれ、石高以上の潤沢な資金力をもつ。

また、『仮名目録追加二十一ヵ条』を制定して内国法の整備を行った。

なにより家臣の人事録である「分限帳」を整備し、家臣団の軍役負担の定量化をはかった。この時代、ほとんどの軍役負担は家臣の裁量権にゆだねられていた。

つまりそれまでの「とりあえず兵を出せるだけ出せ」という、大雑把きわまる軍役負担を、「お前の領地は何百石だから何人の兵を出せ」と明確化したのだ。

今川義元が四万人の大軍を動員できたのは、「四万人を集めるにはどうしたらよいか」を明確にし、実行に移す力を持ったからである。

繰り返す。明智光秀と今川義元は、ほぼ同世代である。

光秀は縁者の土岐頼芸が斎藤道三に追放されるときに何もできず、斎藤道三に冷や飯を食わされ続け、そして一発逆転を狙って斎藤道三に賭けて敗北し、京都に流れて日々の糧をあさる日々を送っていた。

その間、今川義元は、「今川家の者」という名目ひとつだけを頼りに、ほとんど自力で今川家の当主の座を勝ち取り、大国に編成しなおし、天下にその名を知らしめたのだ。

光秀のこたえに、秀吉は狐につままれたような顔で元康をうかがった。元康もまた、目をおよがせた。

「今川様は織田信長を鱣鯨(せんげい)とまでおおせでございましょうか」

今川義元が続けるので、間髪いれず光秀はこたえた。

「溝瀆(こうとく)の容(い)るるところにあらず、と申すではないか」

「明智十兵衛、(松平)次郎三郎も文意がわからぬそうだ」

「『鱣』は『うつぼ』、『鯨』は『くじら』。ともに巨大な魚の意味。『溝』は『みぞ』、『瀆』は『どぶ』」

光秀はたんねんに説いてみせた。

「『鱣鯨は溝瀆の容るるところにあらず』とは、隋の儒者、王通が『論語』に模して編纂した書・『文中子』の一節。『ちいさなどぶや溝は、鯨のような大魚をうけいれられず、ちいさな場は大器をうけいれられない』の意味でござる」

「——ふむ」

義元は満足げにうなずいた。

「今川こそ、織田信長という鱣鯨が泳ぐに足る大海であろう」

「御意」

「次郎三郎から『よい買い物である』と、そこもとについて聞いてはいたが、それにしても」

義元は楽しそうに口をひらいた。

「孫子や戦国策あたりなら誰でもこたえられるが、まさか明智がここまで文に明るいとは」

「京にて義輝将軍と内々のよしみをいただいておりますれば」

それ以上に、光秀には、義元がここまで学識深いことのほうが驚きであった。

「どうも、明智十兵衛は次郎三郎（松平元康）の申すとおり『本物』のようだ」

「ありがたきお言葉、いたみいりまする」

「木下藤吉郎も、立場上、織田信長の身を守るのであれば、余の密命でも守れるであろう」

「はい、ありがたいお言葉だがや」

義元は、信長を高く評価し、気に入っているのが知れた。信長のことより光秀自身の評価が気になるが、これはおおむね合格のように見える。

「これは木下藤吉郎や次郎三郎にたずねても、身近すぎてわからぬであろう。明智十兵衛にたずねたいが」

「何なりと」

「織田信長と会って、どう感じた」

「いまは御屋形（今川義元）にくらべてはるかに器量に劣ることは確かに候」

「いまは、か」

「亡き斎藤道三と織田信秀とは信長を高く買っておりました」

「明智十兵衛が会っての印象は」

——あれは、どうみても馬鹿か阿呆だ——

すくなくとも、家臣たちとまともな会話がなりたつようにはみえない。

——だが、馬鹿ではわずか八年で尾張一国を統一することはできない——

「大賢とも大愚とも判別いたしかねまする。あまり例のない種類の御仁なのはたしかでございますが」

「大愚なら余が敗北するわけはない」

今川義元は、とても嬉しそうにこたえた。

六年前の天文二十三年（一五五四）、今川義元は織田信長に一敗を喫している。世にいう「村木砦の戦い」である。

☆

天文二十三年正月、今川義元は尾張知多郡・緒川(おがわ)城を攻略するため、付城として村木砦を築き、緒川城を包囲した。

今川義元は織田信長の父・信秀とは宿敵の関係にあった。

三河岡崎城主・松平広忠（松平元康・徳川家康の父）が今川義元に支援をもとめて息子・元康を差し出したとき、息子を誘拐して今川義元の面目を丸つぶしにしたのはすでに書いた通り。

今川義元は北の武田、東の北条との対応に追われたが、織田信秀の下にあった三河安祥城を攻撃して信秀の長男・織田信広（信長の異母兄）の身柄を拘束、人質交換で松平元康を奪還し、三河岡崎城を支配下に置いて、三河国内の安定化をはかった。

その間、織田信秀は急死し、織田信長は尾張の国内平定に、今川義元は武田・北条と和睦交渉や内政の充実に力をいれた。

今川義元は西国攻略のめどがたったところで、村木砦をつくり、尾張国・緒川城攻めをはじめた。

織田信長は緒川城から救援をもとめられ、即座に盟友の美濃・斎藤道三から一千の軍勢を借り受けた。

天文二十三年正月二十日、尾張に斎藤道三から信長への支援部隊が到着すると、織田信長は、斎藤道三からの助勢を那古野城（当時、信長の本拠地は那古野城だった）の近くに陣をおかせて留守居をさせた。

そして織田軍の主力は熱田湊から水軍を駆使し、村木砦の今川軍の背後に上陸した。

同年正月二十四日、夜明けとともに織田信長は村木砦の今川軍を襲った。

今川義元は駿河に詰めていて陣にはいなかったが、織田信長は陣頭にたって激しいたたかいとなった。同日申下刻（午後五時ごろ）、村木砦の今川軍は降伏し、撤退した。

同年正月二十六日、織田信長は那古野近在で待機していた斎藤道三からの派遣部隊のもとを訪れて礼をのべた。

このときの信長の激烈な戦いぶりについて、美濃からの派遣部隊の大将が斎藤道三に報告したところ、道三は、

「すさまじき男、隣にはいやなる人にて候よ」

と、武将にとって最大級の賛辞をのべたことが『信長公記』に残されている。

織田信長と直接たたかった、今川義元のもとにどんな報告がなされていたか、想像にかたくない。

☆

「明智十兵衛」

義元は続けた。

「そこもとが認めたくないのはわからぬでもないが、織田信長は『戦うだけなら』稀代の名将である。余は、信長を、今川の部将（一部隊の長）として、欲しい」

義元は織田「上総介」という受領名を口にしない。信長の受領名は自称なのだ。勅許をうけた今川「三河守」とは格が違う、ということだ。

だが義元が『織田信長』と名を口にするとき、嬉しさを隠さない。光秀の学識に感心したときとは、表情がちがう。

「今川三河守様におかれましては」

光秀が「三河守」と口にしたとき、ほんの一瞬、元康が目をそらしたのに気がついた。名実ともに三河国主の座から引き剝がされた、その痛みは牢人の光秀にはわからない。

「いささか織田信長を買いかぶりすぎではなかろうかと」

「今川の者で、さきの村木砦の合戦で織田信長と直接、槍を交わした者がおる。たずねてみると『信長の気迫、鬼か魔のごとし』と震え上がって使い物にならぬ。数百から千にいたる小勢を操らせたら、東海道で信長の右に出る者はいまい」

——はたして、そうだろうか——

たしかに、信長には気迫はある。だが、だ。

義元はゆったりと続けた。

「ただしその信長にも大きな弱点がある」

「いかなるものでございましょうや」

「人望」

「いかにも」

「勝敗五分の村木砦での合戦ですら、信長は言葉で重臣を説得できず、何人かが戦線を抜けたと聞いている。信長に、木下の弁の才が何分の一かでもあれば」

「滅相もにゃーことです」

秀吉は即座にこたえた。つまり、秀吉が弁が立つのを、今川義元はよく知っているということである。

「余はすでに織田信長に勝っている——次郎三郎（松平元康）、四万の大軍を目の当たりにして、どうおもう」

「ただただ、驚くばかりにございます」

ありきたりの感想だが、松平元康が無能なのではない。

光秀と秀吉は、日没前に沓掛城・諏訪曲輪にはいった。諏訪曲輪からは今川義元軍四万が一望のもとにあった。

四万もの武将や足軽らが軍装に身をかため、それぞれに割り当てられた宿所のあたりを右に左にとはしるのは、まさに壮観であった。

この様子が信長の——いや、織田家中の耳にはいらぬわけがない。

こうしている間にも、尾張の織田家中は、割れ、崩れているであろうことは、見なくてもわかった。

尾張は五十四万石相当の大国である。尾張一国だけでも今川の駿河・遠江・三河の三国百八万六千石相当にじゅうぶん対抗できるはずなのだが、いかんせん、一昨年にようやく尾張を統一したばかりで、万単位の大軍を動員した経験がない。

なにより、国主があの織田信長である。

そして。

この大軍動員は、今川家中の者を震えあがらせるためのものでもある。松平次郎三郎元康がひきいる三河武士が、今川「三河守」義元に、わずかでも抵抗するそぶりをみせれば、その瞬間に潰す、と示す意味もある。

大軍は、ただ大きいというだけで、強く、負けないようにできている。

「次郎三郎。ほかには、何をおもう」

「織田信長は、おもいのほか、しぶとうございます」

「どういう意味でいりゃーすか。うちの御屋形（信長）は、まだなにもやっとらっせんのやが」

「われらと織田信長の合戦は、すでにはじまっている」

今川義元はうれしげに目をほそめてこたえた。

「織田信長の率いる織田は、おおきくつくりすぎた豆腐のようなものだ。指でかるく突けば、自分の重みで崩れる。信長は数百から千の軍を操る天才で、武者大将（侍大将の上。騎馬武者らを統率する）や軍大将（局地戦の進退を決する指揮官）には向いている。けれど、尾張は信長がひきいるには大国すぎる」

「今川様は、こたびの出張で、なにをもって『勝ち』となされるおつもりでありましょうか」

光秀はたずねた。信長ばかりが評価されるのは、不本意である。

すべての組織行動には、明確な目的が必要である。四万もの大軍を一日置くことは、ひとりの人間を百年食べさせるよりも食費がかかるのだ。漫然とするわけにはゆかない。

「熱田湊を押さえたら『勝ち』だ。すでに水軍は向かわせている」

義元のこたえは明快であった。

「今川側の尾張大高城は、周囲を織田の砦にかこまれて孤立している。だが、明日、松平次郎三郎が包囲網をつき崩して兵糧をいれ、織田信長の面目をつぶす」

先刻まで本丸の軍議でおこなわれたのは、その布陣というわけだ。

「そのまま進軍して熱田湊を押さえたら此度の出陣は決着する。そこまでゆけば戦わずして織田はみずから崩れる。そして今川は伊勢湾の水運の過半を押さえられる」

この時代、物流の主流は水運である。

鉄砲は普及してはいるが、火薬の原料である煙硝（硝酸カリウム）は全面的に輸入に頼っており、弾丸の原料である鉛も水運に頼っていた。木綿はまだ国産化しておらず、旗や陣幕などの軍事物資としての木綿も水運次第である。

尾張は農業大国であると同時に木曽川（飛驒川）・長良川・揖斐川（伊尾川または杭瀬川）という三つの大河と伊勢湾、熱田湊を擁する水運物流の要所である。

駿河・遠江はいうまでもなく水運大国であるが、三河もまた田原湊・蒲郡湊などをかかえる水運の要所である。三河湾は現代でも全国屈指の自動車輸出入拠点となっている。

今川義元が尾張の熱田湊を押さえることができれば、東海道の物流をほぼ完全に掌握することになるのだ。


「熱田を押さえなされたら次の目標はいかに」

「四十五までに大軍をひきいて京都に足利二つ引両（ひきりょう）の旗印をはためかせる」

今川義元は即答した。

今川氏は将軍足利氏の支族である。

足利氏の支族、吉良長氏（ながうじ）（「赤穂事件」で知られる吉良上野介義央の祖先）の次男、国氏が三河幡豆（はず）郡今川荘を領した。今川氏は足利尊氏にしたがって足利幕府創立に功績をみせ、戦国にいたる。

にもかかわらず足利幕府の衰退にはまったく力を発揮できていない。足利義輝将軍が畿内を流浪している間も支援することができずにいた。将軍家につらなる全国屈指の名門であるにもかかわらず、官位は先日まで従五位下治部大輔に甘んじていた。

義輝将軍の地位回復は、出来星大名の斎藤義龍に先を越され、上洛は織田信長に先を越された。遠国の越後・上杉謙信にさえ上洛でおくれをとっている。

「足利義輝将軍を後見し、副将軍として天下に号令をすることこそ、余にふさわしい」

同じことを織田信長がいえばただの寝言にしか聞こえまい。だが今川義元は違う。確実に達成できる目標を持ち、組織内に周知する。目標達成にむけ、障害をひとつずつ取り除く。武田氏と和睦し、北条を叩いて退かせてから和睦する。三河国四十六万石を確実に吸収して駿河・遠江・三河の三国・百八万六千石の大国となり、尾張・織田五十四万石に倍する財力を確保してから、本格的に織田の攻略にとりかかる。

今川義元は、織田信長のような予測不能な行動はとらない。とても正統的で、確実な手をえらんだ。そういう性格の男で、そういう風貌の男である。

奇手はしょせん奇手にすぎない。定石を知る者こそ強い。

「まことに」

光秀はおぼえず床に手をつき、額を床にこすりつけた。

「三河守様のおおせのとおりに候」

——今川義元こそ、天下の主になるのにふさわしく、自分の主になるのにふさわしい——

光秀は、そう、おもった。

「次郎三郎（松平元康）が明日の大高城支援をなしたら、岡崎城をまかせる。余の養女の婿にいつまでも隠密仕事をさせるわけにはゆかぬのでな。これは軍議では明かしておらぬゆえ、漏らさぬように」

今川義元は脇息に肘をあずけてつづけた。

「木下秀吉は、織田がみずから瓦解しても信長のそばを離れるな。信長を死なせるな。信長が落ち延びて生きのびたのち、信長を余の家臣にさせることができたなら、木下は余が召し抱えなおし、信長に寄騎（出向）させ付家老にする」

「あああありがてゃーです！」

秀吉はおおげさに三歩とびさがって平伏した。

付家老とは、今川の家臣のまま織田信長の家老の扱いにすることである。信長の支援役と監視役を兼ねるわけだ。

禄について今川義元は口にしていない。だが、そのことでかえって信頼できる。秀吉にとっては密偵からの飛躍的な出世ではあるが、今川義元にしてみれば扱いにくい信長との間にしくじりがあっても秀吉ならば容易に見捨てられるという計算がなりたつ。

「明智十兵衛は、この尾張出張をおえたら――」

今川義元は、光秀を値踏みするようにいくども視線を上下させた。

「余の臨時家老として召し抱える」

光秀は耳をうたがった。これもまた、破格の待遇である。

「他の家老とのかねあいがあるゆえ、常の召し抱えあつかいにはできぬ。格を高くするかわり、禄と家臣は期待するな」

「御意」

この立場であればかなりの権限を持つ。今川家中で腕をふるい、周囲を納得させせられれば、老齢（戦国では四十五歳は老人なのだ）がかえって有利にはたらく。

「そしてきたるべき今川の上洛の折りには道案内をせよ」

「御意。ありがたき幸せにございまする。ただ――」

「不満があるともうすか」

「否。御屋形はそれほどまでの度量と器量をお持ちでいらせられるのに、なにゆえそこまで上洛にこだわりめされるのでございましょうか」

今川義元の大器ぶりは、よくわかった。奇天烈で不可解な織田信長とは圧倒的に器量の差がある。

これほどの人物であるならば、なにも上洛して身ひとつの貧乏公方である足利義輝将軍の後見人に甘んじなくとも、東海道の太守として君臨できるではないか。

「名将は故郷で敬われず」

今川義元は、脇息をわきにどけて背筋をのばした。

「余は海道一の弓取りとなった。だが、わが故郷の者とわが家族だけは敬おうとはしない。いなか者は、自覚せぬ間にみずからの土地をみずからいやしみ、京のものをこそありがたがるのでな」

たしかに、織田信長はわずか八年で尾張一国を攻めしたがえ、とうに父親を追い越したというのに、いまだに少年時代の「うつけ者」の呪縛から抜けられてはいない。

それにしても、今川義元ほどになっても故郷の呪縛は響くものなのだろうか。

「そのためだけに、でございますか」

「それで十分だ」

今川義元は、光秀の、目をみてこたえた。

くりかえす。

今川「三河守」の受領名は、この時代には珍しく、自称ではなく、勅許を得たものである。

その名にふさわしい、器の大きな男であった。——光秀よりも年下なのだが。

参章　決戦

一　清洲湊

永禄三年五月十八日（一五六〇年六月一一日・グレゴリオ暦六月二一日）深夜。尾張国清洲城五条川湊。

篝火（かがりび）を舳先（へさき）に釣りさげた川舟が一隻、五条川湊の桟橋につながれたまま、ひと気がない。船頭が火かき棒で篝火をときどき突ついて火のめぐりを良くした。はぜる火の粉だけがにぎやかしい。清洲の街なかの喧騒が嘘のようだ。

「本当に信長様はここにくるのか？」

明智光秀は馬をつなぎ、川べりに降りながら秀吉にたずねた。

「御屋形（信長）がどこにいりゃーすか、わしは誰よりもよくわかっとるのや」

「まあ、それは認めるが」

沓掛城を出て、光秀と秀吉は馬を駆って清洲城下にはいった。

ふたりとも籠手・脛当てに腹巻（腹部を守る簡易防具）。秀吉は手槍、光秀は鉄砲三挺を背中にくくりつけた、足軽・雑人の軍装である。

織田信長を、織田家中の分裂から救い出し、今川義元のもとに連れてゆかねばならない。

それにはまず、信長の居場所がわからなければどうしようもない。

『今川義元の四万、沓掛にいたる』の知らせは、あたりまえだが清洲にもとどいているようで、街の辻ごとに篝火がたかれ、人の往来がはげしい。

ただし、緊迫感はさほどでもない。

今川義元が清洲に攻め込んでも、清洲市中を荒らさないのを、だれもが知っているからだ。

清洲の市中の者たちは、主君を今川義元にするか、織田信長のままでいるか、選ぼうとしているのだ。


明智光秀は、先代将軍・足利義晴が京都を追われているときに京都に派遣されていた。また、美濃を出て京都に流れ着いたとき、十三代将軍・足利義輝は京都を追われて放浪していた。

京都は生産拠点ではない。政治都市である。京都市中を征服しようとする者が京都市中に放火して荒れ野にしても、もともとさして米穀を生産していないのだから農民に逃げ出されても困らない。

だからこそ合戦となると木曽義仲の時代から京都は略奪され、荒らされた。

戦国時代の京都は、御所のある上京のあたりと下京の周辺をのぞいては、ほとんどが戦乱で焼きつくされ、荒れ果てていた。

清洲は、京都とは違う。

今川義元が織田信長を敗北させ、仮に清洲まで兵を進めたとしても、今川義元が清洲に火を放つことはありえない。今川義元が清洲を手に入れるいちばんの理由は、尾張の領民と領地を手に入れるためである。これから占領する国を荒らして領民に逃げられて最も困るのは、侵略者本人なのだ。


光秀は首をかしげながら秀吉にたずねた。

「いまごろ清洲の城では軍議で、どうするか決まっているのではないか」

「ふつうに考えりゃそうやが、御屋形はふつうや無ゃー」

「たしかに、そのとおりかもしれないが、軍議の席で信長様が重臣たちによってたかって切りきざまれたあとかもしれないだろうが」

夜中である。湊には川船がつながれているだけで、まだ人気はない。

「とにかく、船でもなんでも構わないので、我々だけででも、信長様を城から助け出すのが重要なんじゃないのか」

「そりゃそうやが」

秀吉は桟橋に座りこんで、川船で篝火をたき、棹をさしている船頭に声をかけた。

「どうすりゃえーすか」

船頭が振り向いた。

「そんなことよりお前らには『今川を止めろ』と命じたはずだが」

織田信長であった。得意満面であった。


「お前ら、すこしは驚かぬか。今川四万が来るかどうかというときに一人で城を抜けるのは、ものすげえ難儀なのだぞ」

織田信長は不満気に口をとがらせた。

「ぜんぜん」

「『驚け』と言ーほうが無理だわー」

光秀と秀吉は、桟橋で立ったままこたえた。

今川が迫っているいまこそ、最も信長が暗殺される可能性がたかい。

用心深く、行動と決断の素早い信長が、清洲城内にとどまっていると考えるほうがむずかしい。

「御屋形。いずこかに落ち延びめされるのであらば、お供つかまつりまするが」

「たわけ」

信長はしずかに一喝した。

「今川が止まる気配がまったくないではないか」

「できる限りの手を尽くしとります！」

「まあ、密偵と牢人では、止められないのはあたりまえだが」

「すなわち、御屋形は、おたわむれでわれらにお命じになられた、と」

「岡崎に松平元康がいるときいて、元康に命じにいったら、お前らがそこにいたので、ついでに命じたのだ」

「われらは『ついで』でございますか」

「明智十兵衛は京都で将軍と知り合いなのが自慢なのだろうが、牢人は牢人だ」

信長は言い切った。

「尾張の国主に本気で話をしてほしければ、身ひとつでなく、背中に将軍をかついでこい。そしたらお前を俺の旗本にしてやる。そして貧乏公方を神輿（みこし）にして、大軍で上洛してやろう」

――尾張の国どころか、自分ひとりの命さえあぶないというのに、何を寝言をほざいているんだこの阿呆は――

光秀は頭痛がしてきた。

この八年後の永禄十一年（一五六八）、本当に明智光秀が足利義昭を織田信長のもとにつれてゆき、織田信長は六万という戦国空前の大軍をひきいて足利義昭を奉じて上洛することを、このときの光秀が知るわけがない。

頭が痛いのは、秀吉もおなじであろう。

「それよりも御屋形、湊の川船でひとりでいりゃーすということは、身の振り方をお決めになっとりゃーす――」

「わけがない。何も決めておらぬ」

――そんなはずがない――

この時間、信長は清洲城で丹羽長秀や林秀貞（柴田勝家は謀反をおこして以来、信長から遠ざけられていた時期である）といった重臣たちとの軍議を終えているはずである。

そして、なぜ単身でここにいるかといえば、軍議の結論に信長が従うつもりがまったくないからだ。

「御屋形が選べるみちは三つに候」

光秀は指を立てた。

――この馬鹿に教えてやらねばならぬ――

織田信長は、わずか八年間で父・織田信秀でさえできなかった尾張統一をやってのけた。少年期の奇行によって「うつけ者」の世評が高かったが、尾張国内平定でことごとく勝ち続けた。

織田の重臣のほとんどは、一度は信長に弓を引いた経験がある。数百単位の規模の合戦では信長はまぎれもなく天才であった。

だが、人は権威を持つと腐り、馬鹿になる。光秀は実例をいくつも見てきた。それでなくとも信長はもともと馬鹿でうつけ者なのだ。

「どんなものだ」

「その一、今川に降る。その二、いますぐどこかに落ちのびる。その三、この場でみずから死を選ぶ」

「今川と合戦する、ちゅう手がありゃーす！」

「論外」

光秀は秀吉に即答した。

「その一。籠城戦は選べませぬ。籠城とは、支援する者があってささえてこその戦い。清洲城は織田の本城であって、今川にかこまれたら御屋形の首を今川にさしだすしか方策がござらぬ」

「その二があるのか」

「野戦なら織田に勝機はありまする」

「今川が四万うごかすというのにか」

「今川は尾張国内で略奪をせぬつもり。四万のうち半数は兵糧の輸送でございまする」

「まだ二万ある」

「御屋形は二万の兵を動かしたことがございましょうか」

「見たことも聞いたこともない」

「今川義元も同じ。二万の大軍を動かすのは初めてのこと。意のままに動かせるのは五千か八千か」

「俺は二千を超える兵を動かしたことはないぞ」

「御屋形が一万の兵を動かせられれば、のぞみはありまする」

「つまり俺が今川義元に勝つのぞみはないのだな」

織田家中には今川の間者がいる。織田家中の動静が今川義元に筒抜けなのは、すでに光秀も知っている。

織田家中は今川四万の大軍の報を受け、分裂寸前にある。一万どころか、五千の兵を集めることさえも難しい。

——隠してもしかたない——

「御意。御屋形はすでに死んでいる」

「死にかたを選ぶだけ、ということだな」

「御意」

「ふむ」

——死は、覚悟している——

ここまで追い込めば信長は城を出る。あとは死なせず、殺させずに、どうやって今川義元のところに連れてゆくか、だ。

「御屋形」

光秀は桟橋に腰をおろし、腰にくくりつけた弾薬袋からサイコロをふたつ、とりだした。

「丁半博打はご存知でありましょうや」

「かぶいた奴」

信長は爆笑した。

「これで俺の明日を決めるというのか」

「御意」

「よかろう」

「されば」

光秀は背中にくくりつけた兜をひっくりかえして桟橋に置き、右の手のなかでサイコロをふりながらたずねた。

「御屋形は、何を賭けなされますか」

「それをお前に教えたら手の内をあかすことになる。何も聞くな」

「御意。では丁半いずれに」

「丁」

「わしも丁に賭けますがや！」

いちばん博打に縁がなさそうな秀吉が身を乗り出した。

「承知。では私は半。勝負」

光秀はサイコロを兜に投げ込んだ。からからと乾いた音をたてて目が出た。

「五二の半。私の勝ち、御屋形の負けに候」

「よかろう。俺の決断の負けを認めて進ぜよう」

「いかがなされますか」

「聞くな」

「御屋形、わしは――」

「ついてくるな」

信長は舟の纜をほどき、

「猿、十兵衛、申しておく」

棹で桟橋をついて舟をはなした。

「俺はサイコロで負けたが人生で勝つ」

よく考えればなんの意味もない物言いだが、信長がしかつめらしく口にすると、それらしく聞こえる。

光秀は気圧されて頭をさげた。

「御意」

信長のあやつる舟が川をさかのぼって清洲城に消えてゆくのを見届けてから、光秀は気づいた。

自分はサイコロではいつも勝つが、人生の賭けではいつも負ける、と。

二　混乱清洲

四半刻（およそ三〇分）後、清洲城下。

「あらー、藤吉郎さん、どこ行ってりゃーした」

光秀が秀吉とともに信長を追って清洲城下にはいるなり、いきなり背に子を負った中年女が秀吉に声をかけてきた。夜明け前だが街の辻ごとに篝火がたかれ、人々がせわしなく走りまわっていた。

「見てのとおりだがや」

秀吉は両腕をひろげ、軽軍装の自分の姿をしめした。

「それより、おみつさん、こんな暗いうちから何しとりゃーす」

秀吉が中年女と立ち話をはじめているあいだも、老若男女とわず、秀吉の脇やうしろを通り過ぎるときに「おう、藤吉郎」とか「おう、木藤（きのとう）」などと声をかけてきて、秀吉もこまめに「ほいよ」とか黙って手をあげるとかしてこたえた。木下秀吉は、清洲市中ではやたらに顔がひろい。

「なんか大いくさになるそうやが、どこでやるのか、わっからせんのだわ」

「んな、どタワケたことがあらすか」

「わたしは知らんがねー。ダンナがいうには、ゆうべの軍議でも雑談ばっかかで、攻めにいくのか清洲で守るのかも決まっとらせんそうや」

　秀吉と子持ち女の立ち話は尾張訛りがきつくて、光秀には何を言っているのかよくわからないが、清洲市中が混乱していることだけはわかった。

「女、委細はかまわぬゆえ訊ねおきたき儀がある」

　光秀は割ってはいった。秀吉たちの雑談につきあってはいられない。

「信長公はいずこにおわす」

「はあ？」

「御屋形さまは、どこに居(お)りゃーすか、聞いとらんか」

「ああ、こっちのお武家さんが武家ことばで話さっせるんで、何ゆうとるんか、わっからせんかったがねー」

「おみつさん、つまり御屋形は清洲城のなかにはおらせんのと、どこに行っとりゃーすかわからんのきゃーも」

　なにが「つまり」なのかわからないが、信長が、光秀たちと内密に会ったのち清洲城にもどったこと。そして再びなんの指示もださずに清洲城をとびだしたらしいこと。さらに、現在信長の行方が不明だということだけはわかった。なぜ行方不明なのか、どこへ向かっているのか、信長は何をしたいのか、信長のいない織田は何をするのか、まるでわからないわけだが。

　そのとき。

「秀吉、銭を貸せ。馬を借りる」

光秀たちに、かける声があった。

その側をみると、槍を手にした、長身の鎧武者が立っていた。

「御屋形（信長）の行き先はわかるか、又左衛門」

秀吉は鎧武者にたずねた。この青年武将が、前田又左衛門利家という名だと、光秀はあとで教えられた。

「まるで、わからぬ」

前田利家は胸を張って秀吉にこたえた。光秀はなんだか頭痛がしてきた。胸を張るようなことではない。

頭の中身はともかく、見た目の良さは抜群な青年であった。年は秀吉とほぼ同世代で光秀の息子ほどの年齢である。光秀はけっして小柄ではないが、前田利家は光秀よりも頭ひとつ背が高く、そのうえ一尺をこえる高さの烏帽子兜をかぶっている。華麗な外見は世人がおもい描く「戦国武将」そのものだ。

「又左衛門、御屋形が清洲城を出やーしたときの様子はわからせんか」

秀吉は腹巻の紐をゆるめ、自分の懐中に手を突っ込みながらたずねた。

「それがわかれば、御屋形の行きゃーす先はたぶん見当がつく」

「昨夜の軍議では家老筆頭・林秀貞様、丹羽長秀様らの重臣があつめられたものの、御屋形は合戦の方策はまったくお話しにならず、深夜まで雑談しただけだそうだ」

「わざわざ集めたのに、何の話もしやっせんかったんか」

「そうだ」

秀吉が指摘するように、信長の行動は不審である。今川の大軍を前にして逃亡するのなら、重臣たちをあつめる必要はない。信長の真意がますますわからない。

「先刻、鷲津・丸根から『今川に包囲されり』との報せがはいった。このとき御屋形は『人間五十年、下天のうちにくらぶれば』と幸若舞（室町後期に流行した謡。能とは別物）の敦盛を舞われて、『法螺吹け、具足よこせ、出陣する』とおおせになった」

信長は、サイコロの目で城を出ることを決断したのだ。

清洲城内から法螺が鳴り響けば出陣はわかる。清洲城下が混乱するのは当たり前である。

「又左衛門、よくそこまで聞きあつめてくれた、助かる」

秀吉は懐中から百文の銭差を二連、ひっぱりだし、「これは又左衛門のぶん、こちらは馬や飯を段取りしてくれる者のぶん。ひとり占めするな」と言いながら渡し、

「馬は、わしの家にあるのをとって使え。小一郎（木下秀吉の弟・羽柴秀長）が留守番をしとる。小一郎を一緒に連れてゆけ。わしの家にある銭はぜんぶ持ってゆかせるのや」

「承知した。ところで藤吉郎、肝心なことを忘れている」

「とは」

「俺はどこに行けばいい？」

「御屋形は城を出るとき、何か食や－したか？」

「御食（神棚に供えた飯）を立ったままかきこみなされた」

「ならば御屋形の行く先は熱田神宮や」

秀吉は即答した。

「先回りしてお待ちしとくのや。ただし、御屋形はかなり警戒していりゃーす。刀、弓矢、槍は脱して地に置いて待て」

「わかった」

「なあ、又左衛門」

「おう」

「また織田への再仕官がかなうとええな」

「そのときは必ず藤吉郎に食わせてもらった恩を返す」

「わしは恩返しがほしくて又左衛門の面倒をみてきたわけやない」

「承知している。俺の気が済まぬだけだ。ではあとで」

前田利家はそう言いのこすと、駆け出した。


「なにをびっくりしとりゃーす」

秀吉は光秀の反応にたずねるので光秀はこたえた。

「そこもとの顔のひろさに驚いておる」

光秀の、これは本心。

ただし、もうひとつ驚いたことがある。秀吉が常に損得勘定でうごいているようにみえて、けっこう情に流されやすいところであった。

秀吉の資金力と金離れ・銭離れの良さは、知り合った当初からわかっていることで驚きはしないが、秀吉の顔のひろさは銭金で買ったものでないらしいのが驚きであった。

——情のあつさは利になることがなくはないが——

戦国武将としてはむしろ不利にはたらく。戦国武将の最も重要な仕事は合戦、すなわち人を殺すことだからだ。

このころの信長はまだ、女子ども老人といった非戦闘員を殺すことはほとんどやっていないが、戦術のひとつとしての「火攻め」はよくやった。『孫子』には兵站線(へいたんせん)や敵兵を火攻めにすることばかりで市中を焼くことは書かれていないが、敵の城下に放火して戦力を削ぐ戦術をとることは普通にある。そして、敗北して城をはなれるとき、城下の武器弾薬兵站が敵の手にわたるのを嫌って、自分の城下に火を放つこともある。

顔見知りの親しい者たちが住んでいる場所に放火できるか。情にもろくて放火できるか。

「たいしたもんやろ」

「ああすごいすごいびっくりしたおどろいた」

光秀が投げやりになるのもしかたなかろう。秀吉をまともに相手にしているときりがない。

秀吉は隣で赤子を背負っている中年女の両手をにぎりしめた。

「ところで、おみつさん」

「うん」

「そういう具合で、大勝負のときがきたのや」

「うん」

「みんなを熱田神宮に走らせて、炊き出ししてくれせんか」

中年女は辻の篝火のあかりでもわかるほどに頬をあからめた。

「わかった、まかせときや」

光秀は秀吉とその女を交互にみた。女は並だが秀吉は貧相な小男で顔は猿そのものなのだ。

——よく見ろ、猿だぞ、猿——

手を握られて逃げ出すならともかく、頬をあからめるような相手にはおもえない。

「おおきに」

秀吉がこたえると、女はおおきくうなずいて、夜明け前の街へと消えていった。

光秀は女の姿がみえなくなるのをたしかめて、

「秀吉に聞きたいんだが」

「あの子供はダンナの子やぞ」

「馬鹿野郎、この流れでそんなことを確かめたいと——」

「御屋形（信長）が熱田神宮に向かったと断言した根拠は三つ」

秀吉は指を三本立てた。

「御屋形は御食（神棚にそなえた飯）を立ったまま、かきこむように食べた。
一、立って食う、つまり『おまえら早く来い』の意味。
二、かきこむ、つまりたいした量を食っておられない。『遠出はしない』の意味。
三、御食をくう、つまり『行き先は神社』の意味」
指を折りながら秀吉は続けた。

「現在、尾張の国衆が全員うごくとなったら二万。これが全員入れる場所は熱田神宮ぐらい」

秀吉は折った指を握りしめた。

「熱田には湊がある。誰もあつまらなかったら、御屋形は船に乗って逃げられるのや」

「そこまでわかるのなら、もっと重要なことをわかれ」

光秀は秀吉をみた。

「信長をどうやっていくさ場に引きずりだすかを、だ」

そのとき。

唐突に夜明け前の闇のなかから馬の蹄音が鳴り、鎧武者が七人、雑人もつれずにあらわれた。

秀吉の前で、馬がとまった。

「今川が四万、とは、まことか」

織田信長と、六人の馬廻衆であった。

織田信長が、静かな口調だったのと、紺色縅胴丸に十二間草摺という地味で古風な甲冑だったので光秀は一瞬気づかなかった。

ただし、驚きはない。信長がいくさ支度をして単身城を出たのは聞いたばかりである。清洲の城下にいるのだから、熱田神宮に向かう信長と、遭遇するのは当然だ。

光秀と秀吉は、その場でひざまずいた。

「間違いにゃーです」

「光秀、兵糧を運ぶ荷駄もふくめているか」

「先陣・松平元康が大高城に兵糧を運び終えておりますれば、荷駄の守勢も攻め手にまわると存じ申し候」

「攻め手の実数は」

「少なくとも半数」

「多い」

軍編成が大きくなるほど、そして遠征距離がながくなるほど、直接戦闘に振り向けられる数よりも、武器弾薬の輸送や経路の道路整備、人員整理や人事考課などの間接部門が増える。

今川義元が四万の軍で尾張に攻め込むといっても、そのすべてがたたかうわけではない。

このころの戦国時代は、まだ群雄割拠の時代で、一万を超える大軍を運用できる戦国武将は多くない。いわば大規模戦闘の試行錯誤の時代でもある。

　武器弾薬や糧食の輸送は陸路では馬に頼るほかはなく、輸送効率としてはきわめて悪い。つまり遠出をするほど兵站部隊に割く人員が多くなり、合戦に直接かかわる戦闘部隊は少なくなる。

　そうしたことを踏まえての信長の問いであった。

「今川義元の合戦の実数はすくなく見積もっても二万はいるかと」

　それが光秀の読みであった
「二万、か――」

　尾張一国の総動員可能数は、計算の上だけなら二万におよぶが、信長は二万どころか、尾張国内の内戦をまとめあげたばかりで、二千を超える部隊を編成した経験がない。

　だが、いちばんの問題は。

「いくさをやめやーすか」

「俺が決めることではない」

　信長の指揮に従う織田軍が、いったい何人いるのか、誰にもわからないということにあった。やめるか降伏するか、信長には決められない。

「俺に従う者は、熱田ではなく、佐久間信盛の守る善照寺砦にいかせろ」

　善照寺砦は今川義元の先陣・大高城からはわずか半里（約二キロ）。目と鼻の先である。

　なぜ、とは信長は言わない。

「参る」

信長は、

ホウ、

と喉を鳴らし、鐙(あぶみ)で馬の腹を蹴ると、夜明け前の闇へと消えていった。

三　熱田神宮

永禄三年五月十九日（一五六〇年六月一二日・グレゴリオ暦六月二二日）卯上刻（午前五時ごろ）、熱田神宮本宮前。

「なんだ、これは」鬱蒼と茂る鎮守の杜(もり)のその奥に、喧噪があった。

光秀は、熱田神宮本宮前に集められた者たちをみて、おもわず声をあげた。

信長はまだ着いていなかった。

前田利家と木下小一郎が銭をはたいてかき集めた若者たちが数十人、いや、二百人はいるか。それとは別に、炊き出しの女たちがそこここで裸火に釜をかけて飯を炊きはじめていた。

「なんだ、って――いくさ支度に決まっとるじゃにゃーか」

清洲から熱田神宮までおよそ三里（一二キロ）、徒歩なら一刻半（およそ三時間）の道を、明智光秀と木下秀吉は、馬の尻を叩きまくって駆けた。

むろん、直行したのではない。

光秀たちは先に熱田湊に立ち寄った。信長が敵前逃亡していないか確かめるためである。仕事ができる奴ほど逃げるのも捨てるのも、責任を下に押しつけるのも早い。織田信長といえども例外ではあるまい。

熱田神宮は景行天皇四十三年（一一三）ヤマトタケルノミコトが薨去(こうきょ)して草薙剣(くさなぎのつるぎ)を祀(まつ)って以来、戦国のこのときですでに千五百年ちかい歴史をほこる大社である。

一方、水上交通の要所でもある。江戸時代、東海道は尾張熱田から伊勢桑名までを海上でわたった。

天文十六年（一五四七）、織田信秀が、当時六歳の松平元康を海上で誘拐して拉致したのも熱田湊であった。

だが、熱田湊に立ち寄ってみると、海上には無数の軍船が態勢をととのえていた。

湊の者にたずねてみると、尾張・荷ノ上の水軍の将・服部左京助友貞が今川方に寝返り、海上を封鎖しているという。

これで信長が海上から逃げ出すことがなくなったのを確認したところで光秀は秀吉とともに熱田神宮にはいったのだ。

「私たちがここで何をしなきゃならないのか、木下はわかっているのか」

「御屋形をいくさ場にむかわせることやないか」

「木下、すこしは頭をつかえ」

光秀はだんだん腹がたってきた。

「銭で集めた人間は銭でころぶ。今川に銭でやとわれた忍びが、信長様を襲ったら、すべてが水の泡になることをわかっているのか」

ここで秀吉が「わしの銭で集めたんや」と言い張ったら叱りつけてやるつもりだったが、

「わかった。あんたの言い分には理がある」

妙に素直であった。

「いくさ支度って——先刻、信長殿が『善照寺に人をあつめろ』と言ってたろうが」

「あんたは大事なことを忘れとりゃーす」

木下秀吉は、若いくせに皺の多く彫りのふかい猿顔で光秀をみすえて言った。

「ここにいるのは銭で雇った者ばかり。合戦に命をかけるような、たわけたことをしにきたんやあらせん」

たしかに善照寺砦は最前線なのだ。今川方の法螺ひとつで主戦場になりかねない。

その点、熱田神宮ならば今川方の先陣が陣取る大高城まで一里（約四キロ）の距離がある。なにより戦国武将は神仏を恐れる。どれほど戦闘が激しくなろうとも、熱田神宮の境内に火をはなち殺生をすることなぞ、絶対にない。織田信長が比叡山延暦寺に放火して僧侶たちをことごとく殺して諸国の武将を震え上がらせたのは、これより十一年後の元亀二年（一五七一）のことである。

合戦の後備（うしろぞなえ）（後方支援基地）としては、熱田神宮にまさるものがないのはたしかではある。

それにしても、だ。

「木下、お前は銭のつかいかたを知らんのか」

「何でです？」

「足軽と飯炊きばかり雇ってどうするんだ」

騎馬武者と槍足軽と弓・礫（つぶて）・鉄砲組をくみあわせて、はじめて戦国の戦闘単位となるのだ。騎馬武者だけをあつめても槍衾（やりぶすま）の前では無力だし、指揮する騎馬武者のいない足軽だけのあつまりは単なるゴクツブシの群れである。

「わしの仕事は銭の工面と人あつめでしょうが。わしはわしの仕事をやった。集めた人をどう使うか考えるのは、わしの仕事やあらせん」

「それにしたって集め方ってものがあるだろうが」

「騎馬武者は銭では動かーせん。ここに集まっとるみんなだって、この人数だとひとりあたまの銭がどれぐらいのものか考えたら、銭だけが目当てできとるわけやない。あんたはその勘定ができてりゃーすか」

「わからぬでもないが、わかるわけにはゆかない」

「そんなことを言っとるから、あんたはいつも『銭がない』と泣いとるんじゃにゃーか」

やかましい、と口でいうより先に、光秀は左の拳で秀吉の鼻を殴っていた。秀吉はあっけなくひっくり返った。いい年をして、息子のような若者に言い負かされて殴りかえしているのだから世話はない。

「なかなかいい腕をしているではないか」

背後から急に信長の声がし、光秀はとびあがって身構えた。

「俺も童(わっぱ)のころには殴り合いの喧嘩をのべつまくなしにやったが、素手の当身(あてみ)一発でぶっ倒すのは、けっこう難儀だ」

信長は馬から降りていて、周囲を六人の馬廻衆でかためていた。兜は外して背にくくりつけ、髷(まげ)をほどいて大童(おおわらわ)にした髪をゆるくうしろにたばねていた。

信長がいるのはあたり前だが、それでも不意を突かれると驚く。光秀はおもわずその場にひざまずいた。

「過分なお言葉を頂戴いたし――」

「褒めてはおらぬ」

信長はこたえた。

「素手の喧嘩が強かろうと、刀術や槍術に長じていようと、合戦の役には立たぬ」

戦国時代、武術は「武芸」という芸事の一種で、軽んじる傾向がおおきかった。

「お言葉ながら――」

「武芸で天下がとれるなら、上泉伊勢守（剣術新陰流開祖）や塚原卜伝（卜伝流剣術始祖）はどこぞの太守になっている」

信長のいうとおりではある。

「御意」

「猿、死んだふりをしてないで起きろ」

「へい」

秀吉は鼻血をぬぐいながら起き上がってひざまずいた。

「そうは申しても、大将みずから槍もって敵地に切り込み、敵方の大将を槍で突きふせることはちょいちょいある」

信長は、小規模戦闘の天才である。織田の家督を相続してから尾張を統一するまでの合戦では無敗を誇った。

少数の精鋭で倍する敵を倒すのを得意としており、実弟・織田信勝（信行とも）がおこした謀反・稲生の戦いでは、信長は七百の将兵をひきいて千七百の謀反軍とたたかった。

このとき信長はみずから槍をもち先陣を切り、謀反軍の大将のひとり、林美作（家老筆頭の林秀貞の弟）を槍で突き伏せ、首をとった。

「猿。すこしは武芸をやっておけ。命を捨てるつもりがないと勝利は拾えぬぞ」

「へい」

露骨に聞き流す態で秀吉はこたえた。

余談ながら。

木下秀吉は戦国「武将」でありながら、終生、武芸を身につけることに関心をもたなかった。

木下秀吉は織田信長の言うことはいかなる無理難題でもすべて請け合ってなんとかする印象がある。だが下賤の身からはいあがって信長に罵倒されながら重用されてきたせいか秀吉の信長に対する心理は複雑で、実はしばしば、信長の意見や命令を無視した。その最たるものが「すこしは武芸をやっておけ」であった。

徳川家康（松平元康）は幼年時に誘拐されて命の危険の経験があるせいか、武芸をこのんだ。刀術は奥山神影流、弓術は竹林流、馬術は大坪流。そのほかに我流で水術（水泳）、鉄砲術をおさめている。

織田信長は馬術と鉄砲術に熱中した。

明智光秀はこの九年後の永禄十二年（一五六九）、京都六条で足利義昭将軍をわずかな手勢で三好三人衆から守り切った用兵術の名手である。

木下秀吉は決死の戦場に身を置くことを好まず、合戦で前線に配置されると、真っ先にくずれて自分の足軽たちを逃がした。

合戦では調略と交渉を最優先し、可能なかぎり、自分をふくめて命の危険にさらすことを嫌い、流血をさけた。

木下秀吉が戦傷を負ったのは生涯に一度、永禄十二年（一五六九）、伊勢阿坂城攻めの際に矢傷を負ったのみ。戦国武将としての評価を決定づけた金ケ崎の退き口（元亀元年・一五七〇）でさえも負傷した様子はみられない。

もちろんこれらははるか後年のこと。

このとき木下藤吉郎秀吉は二十四歳でまだ独身。家臣といえば異母弟・木下小一郎秀長（当時は長秀）。居候させている盟友・前田又左衛門利家は、元は織田信長の馬廻衆でありながら信長の近習（きんじゅ）を切り捨てた罪で現在牢人中。

いってしまえば。

木下秀吉は、足軽頭に毛がはえた程度の、目をぎらつかせた、銭かねの工面だけが取り柄の若者でしかなかった。


「善照寺砦にはいかほど集まっておる」

「だいたい二千いりゃーす」

秀吉が即答したので光秀は驚いた。

沓掛城から熱田神宮まで光秀は秀吉と行動をともにしている。

秀吉は光秀と話しているあいだもせわしなく炊き出しの差配などをしてはいたものの、善照寺砦からの使者と接触した様子がみられなかった。

——いつの間に知ったんだ？——

「誰がおる」

「丹羽五郎左衛門（長秀）様、池田勝三郎（恒興）様、森三左衛門（可成・蘭丸の父）様。守将は佐久間右衛門（信盛）様」

「柴田権六（勝家）と林新五郎（秀貞）は」

「砦の門前で御屋形を待っとりゃーす」

「だわな」

柴田勝家と家老筆頭・林秀貞が織田信長相手に織田家中を二分する謀反を起こした。「稲生の戦い」とよばれる。わずか四年前の弘治二年（一五五六）のことなのだ。かれらが砦のなかにいたら今川への内通を疑われるが、いなくても疑われる微妙な立場ではある。

「やはり俺の見間違いではなかったな」

信長が熱田神宮に来るのが光秀たちよりも遅れた理由がこれでわかった。さきに善照寺砦に足をはこんで、こっそり様子をみてきたのだ。

「間違っとらせんはずです。善照寺に飯を運びこんどる連中のもの言いをまとめとりますんで」

「善照寺砦に集まっておる者どもの本心はわかるか」

「とは？」

「俺のために死ねる奴が、そんなにいるわけがない」

信長は、善照寺砦に集まった家臣たちが、自分をなぶり殺しにして今川義元にひきわたすつもりだと疑っているらしい。

——四の五のいわずに善照寺砦に移動しろよ、馬鹿野郎——

光秀は信長の確信に満ちた慎重さに、おもわず腹のなかでののしった。

信長をここで殺して首を今川義元のところへ持ってゆくのは簡単だが、それではただの闇討ち・暗殺者とかわらない。光秀や秀吉が今川義元へ仕官するための手土産にはならないのだ。

信長を戦場にひきずりだし、今川義元と正面対決させ、そこそこ健闘させたのちに光秀の采配で信長を敗北させて、はじめて光秀と秀吉は自分たちを今川に高く売れるのだ。

そもそも、よく考えれば、信長は、ろくに軍議もせず、黙って清洲城をとびだし、五人の馬廻衆を連れただけなのだ。脱走する気まんまんである。

——熱田湊からの海路は封鎖した。清洲城へもどる退路も断った——

ここまでは光秀の策と思惑はあたってはいる。ただし善照寺砦には織田信長の将兵が二千もあつまっているのは想定外だった。

信長の指摘するとおり、二千の将兵とは、真意のつかみ難い微妙な数なのだ。

——今川義元に対抗するには少なすぎる。信長をなぶり殺しにするには多すぎる——

いかに織田信長が小規模戦闘の天才でも、六騎の騎馬武者と二百の足軽では、二千の善照寺砦の信長の家臣たちを討つのはむずかしい。

「そんなことは、あらせんです！」

秀吉が声を荒らげた。

「わしは御屋形のためなら死ねるがや！」

――できもしないことをほたき（ほざき）やがって――

光秀は内心頭をかかえた。

まず第一に、牢人中の光秀とちがい、秀吉は身分が低いとはいえ信長の家臣なのだ。織田に籍を置いたまま、信長を今川義元に売ろうとしている裏切り者は、秀吉自身である。第二に秀吉の命惜しみの強さである。「御屋形のためなら死ねる」もなにも、秀吉はそもそも合戦で死ぬ気がまったくないのだ。

秀吉はどのツラをさげてこんな白々しい嘘がつけるのか。

なによりも。

織田信長はこれまで、家臣や親族に裏切られつづけてここまで生き延びてきたのだ。秀吉の舌先三寸の嘘を見抜けないはずがないではないか。

「ふむ」

信長は腕を組んだ。

「俺はうつけだ。熱田神宮を出て、俺について来るか猿」

「もちろんで」

「ふたつ、方策がある」

信長は上機嫌で指を二本、つき立てた。

何を考えているのかさっぱりわからない男だが、機嫌のいいときは、ろくでもない策をかんがえていることだけは間違いない。

「その一。俺と六人の馬廻衆と熱田神宮に詰めた二百人の足軽で、善照寺砦に立てこもっている二千人を討つ」

ろくでもない策である。

「その二。俺と六人の馬廻衆と熱田神宮に詰めた二百人の足軽で、今川義元の本陣へ逃げこみ、ごめんなさいと謝って命乞いをする」

もっとろくでもない策である。

秀吉は自慢気に指を三本、つきだした。

「その三。御屋形と馬廻衆と熱田神宮の二百人で、善照寺に立てこもっている二千人にごめんなさいと謝って命乞いをする」

どうしようもなくろくでもない策であった。似たもの主従である。

光秀はたまりかねて口をはさんだ。

「御屋形に利ありし儀がひとつ、あり申し候」

「申してみよ」

「織田と今川にこれほどまでに軍勢の差があるならば、今川方からの闇討ちはありませぬ」

「根拠は」

私が今川義元に直接そう言われたからだ、と光秀の立場からは答えるわけにはゆかない。

「四万対二千では、いかようなりとも今川方の勝ちはゆるぎませぬ。ならば今川の合戦の目的は、勝敗ではなく、いかに勝利したかを問われまする」

「今川は卑劣な勝ち方は選べぬ、ということか」

「御意」

「ゆえに善照寺に参集している者たちも、今川に内通して俺を殺すつもりではない、と申すわけか」

「さようにござ候」

——だから、疑ってないでさっさと善照寺の織田軍と合流しろ——

光秀は内心絶叫した。今川義元の四万という数字が大きすぎて忘れそうになるが、織田信長がこれまで采配をふるった最大の合戦は、尾張統一の最後の内戦・浮野(うきの)の戦いで、岩倉城主・織田信賢(のぶかた)とたたかったときの三千である。

善照寺砦の二千という将兵は、信長が自在に使いこなした経験のあるなかでは、最大規模の大軍なのだ。

――このうえ、まだ何が必要だというのだ！――

光秀は絶叫したいのをのみこんで秀吉をみた。

――信長を戦場にひきずりだす膳立てはすべてやった。木下、お前がなんとかしろ――

光秀が目でせかすと、秀吉はおずおずと口をひらいた。

「あー、御屋形」

「申してみよ」

「いっそ逃げーせんですか」

――この期におよんで何を言いだすのだ――

光秀はもういちど殴り倒してやろうかと右手を動かしかけたが思いとどまった。

「どこへ」

「北は美濃。美濃の斎藤義龍はいまだに尾張を狙っとります。東は今川の本陣。南は海。熱田湊は今川方の水軍が睨んどります」

「西しか空いておらぬわな」

「で、京へ落ちのびるとか」

「身ひとつで上洛してどうなる」

「捲土重来」

「いつ、どこで、だれと組んでまきかえすのだ」

「それは――」

「猿、お前は俺がいなくなったら、さっさと他家に鞍替えするつもりだろうが」

「滅相もあらせんです！」

秀吉は信長がいなくなる前に主君をのりかえるつもりだから、嘘はついていない。

「御屋形。国を統(す)べる国主と老いたる将には通じるものがあり申し候」

「ん？」

光秀の問いかけに、信長は興味をしめした。

決断には法則がある。
一、人は損を嫌う。
二、人は倍の利得があると決断する。
三、損をしすぎると損に鈍くなる。
つまり利得を示して動かないのなら、現状がすでに徹底的な大損状態だと知らしめて、「どうせ大損なら一発逆転」と思わせれば動く理屈である。

「木下はまだ二十四の若輩者。織田がなくなって野にでてもまだ仕官先はありましょう。されど拙者のごとき老将となれば、選ぶどころか仕官先さえございませぬ」

「それで」

「老いるとは経験の数と選択肢の数を交換すること。老いるほどに経験が増えて人生の選択肢が減る」

「で？」

「御屋形も国主となられたいま、選ぶ道はありますまい」

「無礼な物言いだとはおもわぬか」

「国主と物乞いは、三日やったらやめられない」

「いかにも」

信長は大声で笑った。

「いまさら野にでて牢人にはなれぬわ」

「一人で戦死するより、善照寺で待つ二千人を酔わせて道連れにして死んだほうが面白しと存じ申し候」

「かぶいた爺だ」

光秀は四十五である。人間五十年の時代にはまぎれもなく老人だが、それでも面と向かって「爺」といわれるとおだやかではない。

「されど、その善照寺の二千人が何のために集まっているのか、意図が読めぬ」

「御屋形とともに今川と戦うため」

「同じ話をさせるつもりか」

「『御屋形と戦う』と申しただけで、『御屋形のために死ぬ』とはひとことも申しておりませぬ」

「ほう」

「今川本陣が沓掛城にあるなら、合戦場が尾張国内になるのは必定（ひつじょう）」

「だわな」

このとき主戦場が尾張国・桶狭間になるとは、誰も知らない。ただし尾張国内が戦場となることだけは誰の目からみても明白であった。

「ならば戦場は『孫子』の説く『散地』」

「とっとと逃げるために集まったと申すか」

信長は楽しげに手を打った。

「ならばわかる」

戦略の教科書『孫子』は、合戦の際に戦う場所を選ぶことを強く説き、「死地」「争地」など九種類にわけた。

その最初に説いたのが「散地」。すなわち敵をみずからの領地内で迎え撃つことで、孫子はこれを禁じた。なぜならば、自分の領地で戦うと、不利になったとたん、領民から徴兵した足軽たちが戦地から脱走して自分の家にかくれてしまうからである。

織田信長は他人からみると何を考えているのかまるでわからず、意思の疎通が極端に下手くそで、目立ちたがりのくせに地道な努力を嫌う。座学とは無縁の性格にみえたのだが、よく考えれば幼少時から後継指名を受けてきたのだ。孫子・六韜といった兵学を修めているのは当然であった。

「つまり、ただ脱走したり俺を裏切るより『二千の小勢で四万の今川に立ち向かって敗北した』という名目があったほうが、どのみち牢人になったときに再仕官に有利だと」

組織経営が傾きそうなとき、自分の判断で自己都合あつかいで退職するよりも、組織経営の立て直しに尽力したが力およばず組織が倒れて組織都合で退職を強いられたほうが、再就職に有利なのは、いつでもどこでもどんな時代でも同じである。

「御意」

「重臣になるような奴は、重臣になるように立ちまわりやがるなあ」

「許せにゃーです！」

秀吉は顔面を真っ赤にそめて怒りの表情をみせた。気づけばすっかり夜はあけている。

「重臣を許せんのは今にはじまったことではない」

信長は秀吉の怒りに、にやにやと薄笑いを浮かべてこたえた。信長の重臣である柴田勝家にせよ林秀貞にせよ、信長に謀反をおこした張本人で、その結果信長は同母弟を殺すことになった。かれらを誰よりも許せないのは信長本人であろう。

「善照寺にあつまった連中が俺を殺す気がないことだけはわかった。俺と一緒に今川との合戦に臨むつもりだということもわかった」

「されば」

「されど、勝敗が決するどころか、戦いがはじまったらさっさと逃げ出すということもわかったわな」

「あとは御屋形の墓穴をだれが掘るかでございまする。今川に掘らせるか、御屋形ご自身でなされるか」

光秀は胴丸に手を突っ込んで懐中からサイコロをふたつ、とりだした。

「いっそこれで善照寺に合流するかどうか、お決めなされては」

「おもしろい奴ヤナ」

信長は爆笑した。

「ならば御屋形はいずれに」

光秀は手のなかでサイコロをころがした。この一振りが光秀自身の人生の勝負でもある。

「丁」

「拙者は半。勝負」

明智光秀は、サイコロを地に投げた。

目がでた。

四　善照寺砦

永禄三年五月十九日（一五六〇年六月一二日・グレゴリオ暦六月二二日）卯下刻（午前七時ごろ）、熱田神宮本宮前。

岡崎城や沓掛城、清洲城では、とにかく暑さに閉口させられたが、熱田神宮の杜は深い。日がのぼりはじめたというのに湿気のすくなさがここちよかった。

織田信長と小姓兼馬廻衆の岩村長門守・長谷川橋介・山口飛驒守・佐藤良之・加藤弥三郎

の六人は、熱田神宮にあがって戦勝祈願をはじめた。

神官の祝詞は外で待つ光秀たちの耳にもよくきこえた。

「織田信長が神頼みとは意外だな」

秀吉がかきあつめた足軽たち二百人は熱田神宮の鳥居まぎわの摂社・上知我麻神社（かみちがまじんじゃ）前に整列して待っており、ここにはいないから、信長の陰口も叩ける。

「御屋形はああ見えて信心深いかたでナモ」

「本当か？」

「うそです」

「だわな」

組織を行動させるためにまず必要なのは、目標の明確化とその伝達である。織田信長の熱田神宮戦勝祈願は、合戦に勝つことを神にたのむことではなく「今川と戦うぞ」という目標をあきらかにするためである。

すくなくとも、こうして今川との正面対決を全軍に宣言しておくと、味方から暗殺される可能性は低くなる。敵と内通しているにせよ、この状態で信長を暗殺して首を今川に持っていっても、暗殺者は再就職先で信用されない。

要するに信長の戦勝祈願は合流先の善照寺砦で待機している織田信長家臣団になぶり殺しにされないための「そなえ」なのだ。

それにしても。

――なんと慎重な男なのだ――

光秀は心のなかで絶句した。

このときまで、織田信長の合戦のほとんどが、小勢をもって多勢の敵を討つ戦略をとっている。少年時代の奇行の数々や、信長二十七歳という若さから考えて、信長には戦略らしい戦略がなく、単に異常に奇跡的な強運がついてまわっているだけかと思っていた。

もしかして。

――小勢で強引に勝ったように見えるだけで実は勝つべくして勝ったのではないか――

兵学書『孫子』には『算多きが勝ち』とある。この「算」とは兵数のことだと思いがちだが、他に要素があるのではないか。

士気や将兵の習熟度、家臣からの信頼度など、普通の武将は勘で漠然と把握しているものを、信長は数値化して計算したうえで戦いにのぞんできたのではあるまいか。

『孫子』はいう。「おろか者は合戦で勝負をきめようとする。賢い者は勝利を決めた状態で合戦にのぞむ」と。奇跡は何度もおこらないから奇跡なのだ。

本殿から信長が兜を背にくくりつけた姿であらわれた。

「お前らは真っ先に逃げると思ったが」

「滅相もない」

「とんでもにゃーです」

「俺についてこれるかな」

「いかにして——」

光秀は口をはさんだ。

「善照寺砦の二千人と合流するとして、いかにして彼の者たちを討ち死にが明らかな戦場へ、いざなわれるおつもりでありましょうや」

「人は真実で動く」

信長は即答した。

「真実とは、ひとつの事実ではなく、結集した願望のことだ。人の願望を結集させるいちばんの方法は、自分が願望を信じることにある。それには何をなすべきか」

「なにをなされまする」

「まだ見ぬ勝利を確信し、まだ見ぬ勝利を確認するのだ」

信長の自信に満ちた口調に光秀はふらふらっと感動しかけたが我にかえった。

「御屋形、それはすなわち、自分自身をだますことではございませぬか」

「いかにも」

信長はほほえんだ。

「自分をだます一瞬のない人生なぞ、どこが面白い」

「御屋形はずっと一瞬でいりゃーす！」

「人生は一瞬の連続である」

光秀はなんだかめまいがしてきた。木下秀吉と織田信長は、はたで見るぶんには阿吽(あうん)の呼吸の似たもの主従である。

「光秀」

信長は光秀の目をみた。

「俺は、勝つ」

信長は、自分をだます目をしていなかった。


信長と五人の小姓兼馬廻衆が参道から熱田神宮大鳥居ぎわの上知我麻神社まで歩き、その前で集まっていた足軽二百人の前に立つと、東方から黒煙があがるのがみえた。

尾張国内に出張っていた今川方・大高城を包囲していた、丸根砦と鷲津砦が、今川方によって陥落したのである。

ちなみにこのとき丸根砦を攻め落としたのは、今川方の先陣・松平元康である。

「動くぞ」

織田信長が熱田神宮の鳥居をくぐり、門前につなげた馬にまたがったとき、信長が境内では下馬していたことに、光秀ははじめて気づいておどろいた。この男でも、いちおう、神社への敬意はしめすらしい。

野戦のほうが華やかで目立つので忘れられがちだが、戦国の合戦は攻城戦が中心である。

織豊時代の最初期であるこのころ、合戦は将棋というより囲碁にちかい。大雑把にいえば「陣取り」である。要地に城を築けば広い地域を効果的に押さえられ、そして「要地」は戦局によってつねに変動する。

このとき、尾張と三河の国境は今川義元（三河国は今川義元の支配下にある）に食い込まれて混沌としていた。

尾張国大高城と尾張国鳴海城は、いずれも今川義元の手に落ちていた。織田信長は両城を奪還するため、大高城には丸根砦と鷲巣砦、鳴海城には善照寺砦・丹下砦・中嶋砦を付城としてきずいた。

付城とは出城とも向城（むかいしろ）ともいう。臨時に敵の要害の周囲に築き、敵の城の動静を常時監視し、威嚇するためのものである。

その役割の性格上、付城は一時的な構築で造作は柵をめぐらした程度の簡略なものであるが、その一方、敵との最前線にある。

ましてや今川先陣・松平元康ひきいる岡崎衆が織田の包囲を突破して大高城いりし、包囲している織田方の丸根砦・鷲津砦を落として、織田はおおきな一敗を喫した。

ここで鳴海城の今川軍と大高城を拠点とする今川先陣・松平元康率いる岡崎衆が、しめしあわせて織田を挟撃すれば、織田はひとたまりもない。

善照寺砦はいやがうえにも緊迫の度合いを——

——深めてはいなかった。

光秀と秀吉は、善照寺砦にはいった。

善照寺砦は、東西三十三間（約五九・四メートル）、南北二十間（約三六メートル）。あくまでも砦なので造作は単純で、周囲を柵で囲い、物見櫓と兵站・弾薬庫、板張りの本丸小屋があるだけの簡素なものである。

監視対象の鳴海城とは同じ丘陵づたいで、鳴海城との距離は五町半とすこし（約六三三メートル）。もちろんお互いによく見える。

光秀と秀吉は信長について善照寺砦の柵内に入りはしたものの、信長の馬廻衆に「ここで」と指示され、正門の柵ぎわで待たされることになった。

そして。

「おい、大丈夫なのか」

光秀は秀吉に耳打ちした。善照寺砦で待機していた将兵たちの士気の微妙さが気になったのだ。

善照寺砦に足をふみいれてみると、とても四万の大軍を目の前にした小勢とはおもえない投げやりな気配が充満していた。弓の弦を張り替える者も槍の穂を研ぐ者もみあたらない。砦の周囲は柵でかこまれてはいるものの、空堀(からぼり)なども切られた様子がない。

なにより、清洲城下ではあれほど顔の広かった秀吉が、善照寺砦に入ったとたん、誰からも声をかけられないのが、光秀には意外だった。

「信じてええんやにゃーか」

「なぜそんなことが言える」

「ここにおるのは、無理やり連れてこられた連中や無ぁーて、志願してきた連中だで」

城番の佐久間信盛、そして柴田勝家・丹羽長秀・林秀貞ら、織田の重臣たちが結集した善照寺砦に入ってしまうと、上司のいない牢人・明智光秀と、雑人あがりの信長の密偵兼足軽頭・木下秀吉とではやれることがない。

いや、「やれることがない」といっても、ほとんど身ひとつで善照寺砦入りした光秀にくらべ、織田信長主力の将兵二千が待機する善照寺砦に詰めている全員に行きわたるだけの握り飯を調達してきた木下秀吉が、軍議に加わるどころか、完全に無視されているのは異常である。

「なあ、木下」

「言いたいことはわかっとる」

秀吉は目を地におとした。

「わしのせいで兵糧奉行と足軽奉行の面目は丸つぶれや。後難が邪魔くさーて、わしのところには誰も来ぃーせんわ」

後年、「人たらし」とまで呼ばれ、身分にわけへだてなくきめこまやかな心配りを見せることになる木下秀吉も、このときまだ二十四歳の若者である。人間関係のつくりかたを模索している最中であった。

――雑人からはじめるとは、こういうことか――

善照寺砦にあつまったほぼ全員が木下秀吉の雑人時代を知っているはずである。ついこのあいだまで信長の草履とりや馬の轡(くつわ)をとっていた小僧が自分たちをあっという間に追い抜いて我が物顔であるいていたら、孤立するのはあたりまえである。

「泣かずともよい」

光秀は秀吉に声をかけた。勝負どころと踏んで全財産をはたいて人と飯を用意したのに、感謝されるどころか、孤立を深め、無視されたのだから泣きたくもなるだろう。

木下秀吉は若さに似ず苦労人の様子だが、それでも「苦労と努力はむくわれる」という幻想に縛られてはいる。

「泣いとらせんわい」

「木下、お前は、ひとりではない」

「ひとりや」

秀吉は即答した。

「あんたがどう思っとるか、わしは知らん。興味もあらせん。あんたとは仕事で組んどるだけだがや」

そして秀吉は善照寺砦の中央の本陣を指差した。砦の中央の、板葺きの小屋を指さした。

そこは砦本陣で、織田信長とその重臣が籠もって軍議の真っ最中である。

「なんでわしがあそこに入れへんのや」

秀吉がいかに信長に重宝されているといっても、しょせんは足軽頭相当の密偵である。信長は上下の区別に構わない男で光秀もつい忘れがちになるが、それでも正式な軍議となれば、足軽頭や無名の牢人が締め出されるのはあたりまえだ。なんのかんのといっても、ここ一番というときには、身分の差をおもいしらされる。光秀と秀吉にとっては、尾張一国の主たる織田信長は、雲の上のそのまた上の人物なのだ。

「それは、私に愚痴っているのか、いまの立場を確かめているのか、解決の方策を相談しているのか」

「軍議には、わしより新参の森三左衛門（可成）も滝川左近（一益）も加わっとるのやぞ！なんでわしが入れへんのや！」

「自分のやりたいことで自分のだしたい結果をあげても、他人は褒めてはくれぬ」

光秀は、むしろ自分に言い聞かせた。


「自分のやりたいことで自分のだしたい結果をあげても、他人は褒めてはくれぬ」

光秀は秀吉にいった。

「やりたいことをやりたいようにやって、やりたいように生き、そして——」

「死ぬのは嫌や」

「私が言おうとしたことがよくわかったな」

「じじいの説教は流れがみんな同じだがや」

と言われると返す言葉がないものの、

「できないことを愚痴るより、やりたいことをやりたいようにやって評価してもらえるような工夫をなぜやらんのや」

「木下、それでどうなったかよく考えろ。全財産はたいても何も得られなかっただろうが」

「わしのは模索で、あんたのは足踏み。失敗した昔の自分を手本にしても失敗をくりかえすだけだがや」

「この——」

馬鹿者、と怒鳴りつけかけて光秀は言葉をのみこんだ。

——私はここで何をしているのだ——

今川に仕官するための隠密行動をしているのである。人生の生活と意見を木下秀吉と議論しにきたのではない。

そのとき。

「木藤（木下藤吉郎）、門をあけろ！」

砦の柵の間際で、烏帽子兜をかぶった巨漢の騎馬武者が騎馬したまま、柵越しに秀吉に声をかけてきた。前田又左衛門利家である。

「又左！　どこに行っとった！」

「物見（偵察）だ。御屋形（信長）に伝えてくれ。今川義元本陣、桶狭間山にあり！」

秀吉と光秀のまわりに人が集まってきた。前田利家の報せを聞いた伝令が本陣に走る。

「今川三河守義元、桶狭間山に、人馬の息を休めたり。軍勢を戌亥（北西）に向け、鷲津・丸根を攻め落とし、満足これに過ぐべからず（とても満足している）の由にて、謡を三番うたった由」

善照寺砦で柵越しに前田利家の報告を聞いた者たちは、にわかに色めき立った。

同じ謡をうたうにしても、信長は軍議で手詰まりとなり、自棄糞になってひとりきりで「人間五十年、下天のうちをくらぶれば」と幸若舞（はやりうた）の『敦盛』をうたったのに対し、今川義元は四万の超大軍を率いて悠然と進撃し、大高城を包囲していた丸根砦と鷲津砦を一蹴して、飲めやうたえとちゃんとした謡曲を三番謡っているのだから、戦力以前に心と懐の余裕の桁が違う。

善照寺砦の織田の者たちが「色めき立つ」理由が、「小馬鹿にするな今川義元」という怒りなのか、「ここまで戦力差があるなら寝返り甲斐があるぞ」という裏切りの熱気なのかは光秀には知るよしもないが、おそらくはその両方であろう。

「ところで木藤」

前田利家は馬上で心持ち背をまるめ、声をひそめた。

「お主の集めてきた足軽二百人、まだ善照寺砦のなかでへたりこんでおるのか」

「ああ、それがどうした」

「あきれるほど使い物にならぬ」

「どのぐらい」

「清洲城から熱田神宮、熱田神宮から善照寺と、あわせて四里半歩かせただけで、疲れきって座りこんでおるから善照寺砦に置いたまま物見に行ったわけだが」

時代や洋の東西を問わず、陸軍は徒歩での行軍がすべての基本である。

「合戦に出たことない奴ばっかりやでなー。野良仕事で四里半あるくことはまずないでなあ」

「いくさの最中に奴らに脱走されたらお主の首がとぶ。俺にあずけろ。大物見（戦闘可能規模の偵察隊）のときに足軽が逃げ出すのはよくある。どうせ脱走されるのなら、俺のせいにしろ」

「それは――」

秀吉は迷いをみせた。「つぎ込んだ全財産を溶かせ」という決断なのだ。

「たとえ烏合(うごう)でも二百いれば俺も助かる」

「わかった」

「かたじけない」

前田利家は柵越しに馬上から秀吉に頭をさげた。

光秀は、前田利家の態度にすこし驚いた。秀吉に敬意をしめす武将をみたのは初めてであった。そういえば前田利家は秀吉のことを「お主」と対等によびかけている。

前田利家は砦のなかに向かって声をあげた。

「木下藤吉郎に集められし者共、拙者、前田又左衛門利家の下知につけ。生きて家に帰れるぞ」

微妙な言い回しだが、つまり「脱走を黙認する」の意味である。秀吉が集めた二百人は銭のためであって、信長のために死ぬ義理はなく、自分の武名を残すためでもない。

足軽たちが秀吉の顔色をうかがう気配があった。秀吉がうなずくと、秀吉の雇った二百人の足軽たちが、われ先にと砦をとびだしてゆく。

「前田又左衛門！」

光秀の背中ごしにかける声があった。ふりかえると騎馬武者が数名、甲冑に身をかためて馬にまたがっていた。

「おおさ、久しきかな、佐々隼人正、千秋四郎、息災であったか」

「お主、牢人しておったのではないか」

「いかにも。さりながら、わが御屋形より勘気をお解きたまわるべく推参つかまつった！」

砦内の騎馬武者たちはたがいの顔をみあわせた。

「貴殿らにたずねる。われら戦国の武者は何のために生き、何のために死ぬるか」

――甘い――

光秀は心のなかで吐き捨てた。寝食こと足りているから、そんなどうでもいいことに悩まされるのである。

しかも始末の悪いことに前田利家の口調から察するに、舌先三寸で丸め込もうとしているのではなく、どうも本心からそう思っているらしいところがある。人は銭で命は捨てないが情熱に動かされて命を捨てる。

「それがしには、こたえがある」

「いかなる」

「信長公のためなら死ねる」

前田利家は馬上からしずかにほほえんだ。

「勝者とは、おのれに酔い、人を酔わせた者をいう。われと来て、勝利を楽しめ戦国のもののふ」

「乗った！」

数騎の騎馬武者と数十人の徒歩(かち)武者たちが、わらわらと砦を出てゆく。そして前田利家が槍をひとふりすると、土煙をあげて彼方へと駆けていった。


——なんだ、あれは——

戦国武将は「戦国武将」という「仕事」である。光秀も若いときには無茶をしたが、それは無茶をしたほうが当たれば大きいからにすぎない。前田利家のように、合戦そのものに酔うようなかぶき者は、光秀の理解の埒外（らちがい）であった。

何より。

「木下、あの御仁がお前と仲がよいのが、私にはどうしても信じられぬのだが」

秀吉がなんだかんだ文句を垂れながらも光秀と組んでいる理由はわかる。年齢こそ親子ほど違い、教養の有無や資金力もまるで違うが、根底に流れる俗気の強さが共通しているからだ。

だが、前田利家はあくまでも爽快で豪快であった。庶民が頭にいだく「戦国武将」にもっともちかい。爽やかで美しく、世俗のことなどまるで頓着してないようにみえる。木下秀吉とは対極にあるのだ。

「あんたに信じてもらう必要はあらせん」

秀吉は光秀の目もみず、前田利家らが駆けてゆく先をみつめていた。

ただし。

この、信長に無断で飛び出した織田方先陣総計三百人は今川義元にかるくあしらわれて惨敗を喫した。軍勢はたちまち崩壊し、千秋四郎、佐々隼人正は戦死したのであった。

五　中島砦

永禄三年五月十九日（一五六〇年六月一二日・グレゴリオ暦六月二二日）、午上刻（午前一一時ごろ）。善照寺砦、本陣館階段下。

織田信長と重臣たちは、本陣建屋のなかで軍議。明智光秀と木下秀吉は、階段の下で待機していた。

光秀は、背に鉄砲を三挺くくりつけている。いつでも発砲できるように、懐中の胴火には火をたもっている。

日が、高くなってきた。

――それにしても暑い――

光秀は日差しの強さにたまりかねて兜をかぶった。梅雨のさなかだというのに、雨の降る気配がなく、湿気もまるでない。

頭を剃り上げる月代（さかやき）の習慣は、本来は兜をかぶったときの頭の蒸れをふせぐためのものだ。つまり兜をかぶると湿気が辛いはずなのだが、今朝は日差しの強さのほうがまさった。剃り上げた月代に、太陽の光が突き刺さる。こんな、湿度が低く日差しの強い夏は、光秀は経験がない。

「こうやってみると」

秀吉はちょっと背をのばして周囲をみまわすしぐさをした。

「ほんとうに四万って数はすごいもんだがや」

善照寺砦は小高い丘のうえにある。ここからだと今川義元が展開する四万の大軍が、一望のもとにあった。

今川義元軍四万の半数が荷駄組（輸送部隊）だといっても武装はしている。遠目なのだから荷駄組と武者組（戦闘部隊）の区別はつかず、見わたすかぎり今川軍だということにはかわりはない。

光秀たちが今川義元に会ったときにも四万の軍の大きさは感じたが、こうして遠景で見せつけられるとやはり違う。

織田信長と行動をともにしている「二千」という将兵の数は、この当時ではそれなりの規模ではあるのだが、しょせんひとつの砦におさまりきってしまう規模でもあるのだ。

太鼓がひとつ、打ち鳴らされた。

軍議が終わったのだ。

善照寺砦に詰める織田信長軍二千が一斉に立ちあがった。

本陣建屋の扉が開かれると、織田信長が馬廻衆に周囲をかためられて出てきた。

砦にいる者たちは、全員がその場にひざまずいた。

信長は、ゆっくりと前にすすみ、見下ろした。

「鉄砲組はあるか」

光秀が口をひらいた。

「これに」

「その方らの鉄砲、弾薬を詰めてあるか」

「御意。いますぐ撃てまする」

おけ」

「は?」

「猛烈な雨になる。抜いたら銃口を下にむけ、火皿と火蓋は水が入らぬように蓑(みの)をかぶせて

おけ」

「雨、でございますか」

「頭痛がひどい。俺の天候観(てんこうみ)は外れたことがない」

「御意」

雨どころか、雲ひとつない。だが、信長の物言いに知らぬ顔をすれば、雨よりも面倒なことになる。光秀は背から鉄砲をおろして弾薬を抜き、蓑と油紙で厳重に銃を包んだ。

——やってられんぞ、これは——

信長が何を考えているのか、光秀にはわからない。

「猿」

「はい」

「蟬(せみ)はたいしたものだ」

「へい」

——はあ?——

光秀は耳を疑った。

この主従のやりとりは、いつも意味がわからない。

「どんなに暑かろうが、蟬は時期が来ないと鳴かぬ。蟬は時を知っている」

「そのとおりでいりゃーす」

──信長は何がいいたいんだ？──

光秀は、秀吉に目でたずねた。

──わかるわけがあらせんがや──

秀吉は目でこたえた。

人間の行動には鉄則がある。

何を考えているかわからない場合、何も考えていない。

信長は、万策が尽きたのだ。

実際にたたかう相手が半数の二万だとしても十倍の数がいる。合戦になったら勝ち目はない。

だが、こっそり脱走して今川に通じるには、二千という将兵は多すぎる。

たたかえば負ける。合戦から抜けることもできない。

「猿」

「へい」

「すべてものごとには、天の決めた時がある」

「へい」

信長は顔をあげた。

「一同、よく聞けい！　俺は織田の家長となって以来、合戦で負けたことがない！」

右手を高くふりあげた。

「善照寺砦を降りて中島砦に詰める！」

——中島砦だと？——

光秀は耳をうたがった。

桶狭間近辺の地理にはくわしくないが、それでもだいたいは掌握している。

中島砦は善照寺砦の丘をおりた平地にある。本来は扇川経由で善照寺砦に水運で兵糧を運びあげるための湊としての役割のみで、軍事施設としての機能はまったくない。

守ることができる善照寺砦から、平地の中島砦に移動する利点はまるでない。——もっとも、善照寺砦は「守ることができる」といっても、織田信長二千と今川義元四万、実働部隊でも二万という圧倒的な兵力差では、「ひとひねりで潰される」と「ふたひねりで潰される」との違い程度でしかないが。

あえて中島砦に本陣をうつす利点をあげるとすれば、

「今川四万の大軍を目の当たりにせずにすむ」

ことぐらいか。

高地の（というほどではないが）善照寺砦からは見晴らしがよすぎて、今川義元の四万の大軍の全貌を見せつけられて戦意は削がれる。

「されば、軍勢をととのえて今川義元の本陣を突く！」

たくさんいるといっても二千人である。信長の声に全員がうなずいた。

「敵は桶狭間にあり！　織田はすでに勝っている！」

信長のひとこえに、善照寺砦に詰めた全員が、熱狂的に歓声をあげた。

――どうするんだ、これ――

えいえいおうと全軍が鬨の声をあげるので、光秀もしかたなく拳をふりあげて合わせはしたものの、目で秀吉にたずねた。

――わしにわかるわけがにゃーがや――

秀吉が目でこたえた。

この状態で、どうやって信長を殺させずに生きのびさせろというのか。

「行くぞ」

信長は鐙で馬の腹を蹴って駆け出した。


ちなみに。

このときの軍議についても、信長は佐久間信盛や丹羽長秀ら、重臣たちの意見を無視した。

織田信長研究の基本史料『信長公記』の『首巻　今川義元討死の事』によると、

『無勢の様体、敵方よりさだかに相見え候。ご勿体なきの由、家老の衆、御馬の轡の引手に取り付き候て、口々に申され候ども、ふり切って中島へお移り候』

すなわち「織田が小勢であることが敵に丸見えでございます。もってのほかでございます」と、家老たちが信長の馬の口にとりすがってとめたのだが、信長はかれらを振り切って中島砦にむかった、ということである。

明智光秀と木下秀吉は、信長本隊について中島砦にはいった。

中島砦は今川義元の本陣のある桶狭間山まで直線距離で四分の三里（約三キロメートル）。あいだをさえぎるものはなにもない。

桶狭間山に今川義元の河内源氏をしめす白旗が、びっしりと立てられているのが、光秀たちのところからもよく見えた。

風は、ない。

「断じて田に馬をいれるな。田を荒らすな」

善照寺砦を出る際、織田信長は全軍に厳命した。

田植えは重労働で、踏み荒らせば地元の領民の反感を買うのはたしかではある。

——こまかいことを言う男だ——

光秀はそう思う反面、

——こういう配慮はどうであるか——

信長のことばは、戦国武将の発想ではない。

弓や槍での集団戦闘が中心のこの時代、軍の隊形は戦況をおおきく左右した。中島砦の周辺は田植えをおえたばかりの田にかこまれている。田を荒らさずに中島砦にはいるには、あぜ道を一列縦隊ですすむしかない。

つまり織田信長は、家臣の生命よりも領民の生活のほうを重くみている、ということだ。それは領地経営上、いいことのように思えるが、なんともいえない。

信長は、他の戦国武将にくらべても家臣や親族からの謀反が多い。それらをことごとく攻めほろぼし、わずか八年間で尾張統一という大事業をなしとげたというのに、いまだに主君としての資質を問われ、暗殺の危険にさらされ続けているのだ。これは家臣を軽んじているから、ということはいえる。

その一方、織田の軍資金が潤沢なのは、領民たちがすすんで信長を支持し、納税しているから、という側面もある。

信長軍二千は中島砦にはいった。

ここまで大胆に軍を移動させる以上、何らかの用意がしてあるかとも光秀はいくらか期待はしていたが、もちろんそんなことはまったくなかった。水利がいいだけの、川湊から荷揚げがしやすいだけがとりえの、砦と呼ぶのもはばかられる砦であった。周囲を柵でかこっただけで堀は切っていない。馬小屋と本陣建屋ぐらいしか施設がない。籠もるもなにも、中島砦にいて今川を迎え撃つくらいなら、撃って出て野戦に持ち込んだほうが、戦場から脱走できるぶん、まだましといえた。

信長は、中島砦にはいると本陣建屋にははいらず、戸板で高さ三尺（一メートル弱）の演壇をつくらせた。もちろんそうした雑用は、密偵・木下秀吉と、濃州牢人・明智光秀らの仕事である。

「ふむ」

信長は演壇の縁をかるくおさえてたわみをたしかめた。対人配慮が粗雑すぎるので忘れそうになるが、ああみえて信長はかなり几帳面で細かいところにうるさく、慎重な人物なのだ、ということが、光秀にはわかりつつある。

光秀は信長の前にひざまずいた。

「御屋形（信長）、よろしければ大御足（おおみあし）を」

「ゆるせ。借りる」

信長は光秀にひとこと言うと、光秀の右肩に足をかけて演壇にあがった。

——こういう一面もあるのか——

光秀は、信長のわびる口調の自然さにすこし驚いた。傲岸不遜な印象しかなかったのだが。

信長は演壇にすえられた床几に腰をかけた。織田は小軍なので、この程度の高さでも全軍に信長の姿はみえる。

「おのおの、しるしの布を目立つところに結びつけよ。同士討ちを避けよ」

信長が手にした采配をふると、馬廻衆たちが一斉に赤い布を配りはじめた。長さ二尺五寸（約七五センチメートル）、幅一尺（約三〇センチメートル）ほどに裁ち切られた木綿の布であった。

今川義元が河内源氏をしめす白旗をそれぞれの目印にしているのはあきらかで、源平にちなんで信長は平氏の赤旗を気取るつもりらしい。

なんということのない目印であるが、二千本手配するのは存外に大仕事である。

秀吉は受け取りながら、

「こういうものを段取りしやーすなら、わしに言ってくれりゃーえーのに」

ぶつぶつとぼやいた。

「それよりも木下にたずねたいのだが」

光秀は後ろからもみえるよう、兜の鉢を巻くように赤布をしめながら秀吉に声をかけた。

「私にはどうも、御屋形が本気でこの合戦で今川に勝つつもりのように見えるんだが」

「勝つつもりで出張っておる」

信長が小声で壇上からこたえた。

「勝利とは、敵を全滅させることではなく、設定した目標を達成することだ」

つまり『勝利』の基準を下げればなんとかなる、という意味である。

「二千の織田軍で四万の今川とたたかうのだ。とりあえず今回の今川出張の出鼻をくじいて引き上げさせれば、織田は大勝利だわな」

信長は床几に泰然と腰を据え、正面かなたの桶狭間山をみすえたままつづけた。

「今川四万のうち、武者組（戦闘部隊）は実数二万。そのうち三分の一は先陣・松平元康らとともに大高城の守りを固めるのとその周辺の丸根・鷲津攻めに割いており、三分の一は後詰め。大雑把に計算して、およそ六千が真正面の桶狭間山にいる。今川本陣六千に織田二千なら、そう無理な差ではない」

――本気か？――

いっけん信長の籌策（ちゅうさく）は理にかなっているようだが、信長の計算には兵糧の輸送部隊がはいっていない。輸送部隊といえども武装しているのだ。今川義元の本陣を襲うとなれば、結局のところ最低でも一万二千を相手にすることになる。

しかも今川本陣襲撃でもたつけば先陣の松平元康らに背後にまわりこまれて退路を断たれる。

「二千の将兵で今川を全滅させるのは不可能だが、今川の本陣に迫って本陣の陣形をくずすことができれば、今川は大事をとっていったん全軍を駿府にひきあげる」

信長の見立てはただしい。

今川義元の今回の尾張出陣の最大の目的は「四万の大軍の試験運用」であって、合戦の成否ではない。「四万の大軍を動かせた」事実だけですでに今川は勝利しているのだ。

今川にとっては、漫然と四万を待機させるより、一旦ひきあげて運用の問題点を洗って出陣しなおしたほうが効果的である。

「大高城をあきらめ、丸根・鷲津の砦を今川に渡しても、『二千で四万をひきあげさせた』と名をとれば、織田の勝ちだ」

――何をかんがえているんだ、こいつは――

万が一、ここで信長が勝って今川が駿府にひきあげたとしても、三河との国境をおおきく侵されている事情にかわりはないのだ。信長が清洲城にもどったら、たちまち家臣団が信長を暗殺して首を駿府に持参するのは目に見えている。

そして。

そもそも、信長の策そのものが「万が一」なのだ。

くりかえす。

織田信長の本陣・中島砦と、今川義元の本陣・桶狭間山とでは、直線距離でおよそ四分の三里(約三キロメートル)もあるのだ。

信長全軍が今川義元の本陣へと動くのを今川軍がみれば、今川本陣の前に幾重もの軍が置かれ行く手をはばむ。そして大高城に詰めている松平元康らが織田軍の背後にまわって退路を断つ。

奇跡がおこらない限り、信長に勝ち目はない。

どんな奇跡か?

織田信長軍二千が、桶狭間山の今川本陣の目の前に突然姿を現すような奇跡である。そしてそんなことは、空でも飛ばなければ不可能であった。

「おのおの、よく聞けい！」

信長はたちあがった。

「飯を食って、よく休めたか！」

そのとき。

信長の背後に、かつてみたことのないような、巨大な入道雲がたちあがっていることに、光秀は気づいた。

——にわか雨ぐらいは、降るかもしれないが——それでは、足りない。

六　奇跡

「一同、よく聞け！」

織田信長は演壇の上で立ちあがり、真正面の桶狭間山をゆびさした。

「聞け、敵は兵糧をつかいて夜通しかけてここまできた！　大高城に兵糧をいれ、鷲津・丸根の砦を落とすのに手間取って、疲れはてた者たちである！」

——大嘘だ——

光秀はあまりにも見え透いた嘘に、内心あきれかえった。

桶狭間山に陣をすえているのは今川義元の本陣である。大高城に兵糧をいれ、鷲津・丸根の砦を落としたのは、松平元康たちがひきいる先陣で、かれらはここにはいない。

桶狭間山の今川本陣の者たちは、十分な休養をとった者たちなのだ。織田方の先陣は信長の許可を得ずに独断で攻めだし、今川義元にかるくあしらわれ、返り討ちにあっている。

「われらは新手（十分な休養をとった万全の軍）なり」

——信長はどこまで本気なのか？——

どうも本気で今川義元の本陣につっこむつもりなのは間違いなさそうなのだが。

「われらは小軍（こぐん）なれども、大軍を怖れることはない。運は天にある！」

つまり、勝つか負けるかわからない、と言ったも同然である。

「押したら退け（ひけ）。退いたら押せ。おもうがままに的を練り倒し、追い崩すのだ。さらに——」

信長は一拍の間を置き、中島砦の中がしずまるのを待った。

「分捕りをなすべからず。首をとるな。打ち捨てよ。自分の軍功をとるな。織田全軍が合戦に勝つことこそが勝利だ」

——守れもしない目標を立てる男だ——

冷静に考えれば、ほぼ完全に織田信長の負けなのだ。信長の戦術はそれなりに説得力はあるものの、むしろ「こういう形になれば勝てるかもしれない」という願望にちかい。

勝てそうにない合戦なのに、なぜ二千もの将兵が信長のもとにあつまったか。

——自分の功績のために決まっているではないか——

敵の首は「首級（しゅきゅう）」とも呼ぶ。中国・秦（しん）の時代の法で、敵の首をひとつとると爵（しゃく）一級を得たところからそういわれた。

今川義元の軍は、組織だった大軍である。四万の大軍のうち二万は兵糧の補給部隊。残り二万のうち最前線に立って実際に織田と合戦をするのはおよそ二割。つまり、今川の側にいると、戦場にまみえて敵の首をとる可能性はほとんどない。

ところが織田信長の側につけば、全員が最前線なのだ。

戦国武将は、自分の功績が第一で、全軍の勝利はその次なのが普通だ。戦国武将と家臣団との関係は、雇用主と社員の関係ではなく、個人事業主の職能組合と組合長の関係にすぎない。これは織田信長がいかに強権的であっても事情はかわらない。

自分だけの軍功をもとめた一騎がけはふつうにあるのだ。

「いくさに勝ちぬれば、この場に乗ったる者は、家の面目、末代の高名たるべし。ただはげむべし」

個別の利益をむさぼるな。この合戦に勝てば、参戦した者全員が、家の面目を立てられ、末代までの高名を得ることができるのだ、と信長はいった。

それならば、ただちに出撃してもよさそうなものなのだが。

——なにをもたついているのだ——

ここでごちゃごちゃと足をとどめている理由が、光秀にはわからない。

そうこうしているうちにも、すでに独断で陣を抜けた、前田利家や毛利長秀らが、敵の首をいくつも腰にぶらさげて戻ってきた。

だが信長は一喝せず、ひとりひとり、じゅんじゅんに、ゆっくりと同じことを言い聞かせはじめたのだ。

——いったい、いつまで説教しているつもりだ——

明智光秀は焦れてきた。

織田の両翼に幅広く展開して待機している今川軍が、前進をはじめれば織田はひとたまりもないのだ。こんなことをしている場合ではない。

織田信長のすぐ後ろにみえていた入道雲が、いつのまにか背後をおおうほどの巨大さでせまってくるのがみえていた。

「されば、まいる！」

織田信長は采配を腰にさした。


織田信長軍二千は中島砦の外に出て整列した。

信長は大声で命じた。

「騎馬の者は馬から降りよ。徒士の者はたがいの槍を握りあい、たがいを見失うな！」

——何を言い出すんだ、この男は——

見失うもなにも、快晴そのものなのだ。今川義元の本陣の桶狭間山はおおよそ四分の三里（約三キロメートル）先の真正面である。目を閉じて進んでも迷いようがないとはいえ。

信長の命令にさからうとどうなるかわからない。

騎馬武者は馬からおり、徒士武者や足軽はたがいに槍を握りあった。その姿はまるで子供の馬あそびのようで、とても決死の合戦にのぞむ軍団にはみえない。

「進め！」

法螺の音が鳴りひびき、奇天烈な隊列で織田軍はすすみはじめた。

信長の軍の様子はもちろん今川全軍から丸見えである。そこかしこから失笑とも嘲弄ともつかぬ視線が注がれているのが、光秀にもわかった。

快晴のなか、いくらか前進しはじめたときであった。

「痛っ！」

光秀のとなりで秀吉が声をあげた。

白い、拳骨ほどのおおきさのものが秀吉の頬を直撃するのがみえた。

「礫か？」

秀吉がどなるので、光秀はとっさに左右をみまわした。

礫組とは、投石を武器とする部隊のことである。

戦国時代、投石は鉄砲や弓矢に匹敵する効果的な飛び道具として実戦配備されていた。速射性で弓矢にまさるが飛距離では弓矢に劣る。しかし、今川軍は礫組の投石が届くほどの近さにはきていない。

「違う」

光秀は空を見上げた。白い塊が光秀の頬をかすめ、胸元をうちつけてくだけた。

「雹だ」

光秀は、目をうたがった。

激しい雹が、石の氷となって地を叩いていたのだ。

背後にあった巨大な入道雲が、信長軍にさしかかる。信長の予言通り、激しい豪雨が降りはじめた。

雷鳴とともに一面が真っ白となり、光秀たちの――織田軍のうしろから突風がふき、何人かが風に突きたおされているらしいのがわかった。

なぜ「らしいなのか」

雨が激しすぎて、何も見えなくなっていたからである。

――まさか――

これほどの雨が、突然降ることがあるのか？　光秀は信じられなかった。

信長に、都合がよすぎるではないか。


このとき、奇跡がおこっていた。

グレゴリオ暦六月二十二日は夏至にあたる。桶狭間近辺は梅雨入りの平年値が六月八日、梅雨明けは七月二十一日。この日は梅雨の晴れ間であった。

一時的に梅雨前線は北上し、桶狭間近辺は太平洋高気圧におおわれた極端な晴天となり、強い日射によって地面加熱が進んだ。

積乱雲（入道雲）は、それ単独はたいしたことはない。

けれども、このときはちがった。

発生した積乱雲が周囲の湿潤な空気をもちあげて次々と新たな積乱雲をうみ、巨大な積乱雲の塊、気象用語でいう「クラウドクラスター（Ｃｂクラスターとも）」となっていた。

このクラウドクラスターは激しい集中豪雨と突風をもたらす。

明智光秀たちを襲った豪雨はどの程度のものだったか。

織田信長の伝記の基本史料『信長公記』では『俄に急雨、石氷を投打つ様に』とある。

大久保忠教は『三河物語』で『車軸ノ雨ガ振リ懸ル』と伝えた。また、軍学書『甲陽軍鑑』では『白き鷺三百匹ばかり舞ひかかる』と、雨の水しぶきで一面が真っ白になる様子を伝えている。

この様子を気象庁の『雨と風（雨と風の階級表）』でみてみると、一時間の雨量が五十ミリ以上八十ミリ未満の『非常に激しい雨』または八十ミリ以上の『猛烈な雨』に相当する。

これは『滝のように降る（ゴーゴーと降り続く）』『息苦しくなるような圧迫感がある。恐怖を感ずる』という状態である。

そして、『水しぶきであたり一面が白っぽくなり、視界が悪くなる』降雨量で、視界は白昼でも一メートル程度である。

「なんだ！　この雨は！」

あまりの雨しぶきに明智光秀は怒鳴ってみたが、返事がない。甲冑のまま滝壺にはいったようだ。雨音で何も聞こえない。

左手で前を歩く者の槍の尻をつかんでいるのだが、三尺あまり（約一メートル）先で槍の柄のなかばをつかんでいるはずの者の姿がみえないのだ。

こんな雨は、四十五年生きてきて、光秀にとって初めての経験であった。そもそもこんな集中豪雨のときに外出しないが。

しかも。

背後からの突風も強烈であった。

太股を守る草摺（くさずり）が激しく胸元までまくれあがり、光秀の甲冑の、肩を守る右の袖板が、突風で引きちぎられ、前方の彼方へと飛んでいった。

風で前のめりになりそうになるのをこらえると、爪先が地面にめりこんでゆく。

――信長に、この雨がくるのが、わかったというのか？――

そんなはずはない。光秀の理性が、そう答えた。

このとき、もうひとつの奇跡が起こっていた。

突風である。

積乱雲の塊・クラウドクラスターは、集中豪雨のほかに強烈な突風、すなわち「ダウンバースト」をともなう。竜巻は吸い上げる急激な上昇流であるのに対し、ダウンバーストは積乱雲から真下に吹き付ける下降流である。

このときの突風はどれほどのものだったか。

前述の『信長公記』によれば『沓掛の峠の松の本に、二抱・三抱の楠の木、雨に東に降り倒る』と、突風で二抱えもある楠が倒されたことがしるされている。

これは気象庁の『ビューフォート風力階級表』によると、『樹木が根こそぎになる』に相当し、風力十。風速二十四・五メートルから二十八・四メートルに相当する。『走行中のトラックが横転する』『屋外での行動は極めて危険』という突風である。

ちなみに。

風力八の場合『風に向かっては歩けない』となる。

織田信長軍が風に突き飛ばされそうになりながらも前進できたのは、追い風だったからである。


「なーんも見えーせんがや！」

「うろたえるな！　俺を信じろ！」

——こんな雨のなかでも信長と、秀吉の声だけは聴こえるのか——

面白い、と光秀は思った。

戦国武将に最も必要なものは、知恵でも胆力でもない。脚力と大声である。

ただし、単に声が大きいだけではだめだ。より大きな音にかき消されるからである。

声は、通らなければならない。

滝のような雨と、背をはげしく突く風とで、周囲は乳白色のしずくばかりで何もみえず、雨音にかき消されて何も聞こえないのに、信長と秀吉の声だけが聞こえた。

「進めるかぎり前に進め！」

信長の意図がわかって、光秀は内心驚嘆した。

すなわち、織田信長の軍・二千を、にわか雨の作り出した天然の幔幕（まんまく）でおおい隠して今川本陣に近づこうというのだ。

織田信長軍二千が、桶狭間山の今川本陣の目の前に、突然姿を現すような奇跡が、おころうとしていた。

——こんなことがあるのか——

全身がずぶぬれになっているのに、光秀は手に汗がにじんでくるのが、わかった。

ちなみに、この豪雨は、奇跡ではあったが偶然ではない。

桶狭間山のある伊勢湾東側は、南から暖湿気が流入し、ふだんから活発な積乱雲が発生しやすい地域である。

桶狭間は尾張国内にあり、織田信長には当然土地勘がある。

合戦と気象は密接な関係がある。

桶狭間近辺が積乱雲の多発地帯だということを、織田信長が知らないはずはない。もちろん、清洲城を出て今川と戦うと決断したときに、気象の要素まで勘案していたとはおもえないが。

そして。

この午後の時間、桶狭間近辺は、伊勢湾から陸地に向け、弱い南西風が吹いていた。

積乱雲は上空の風にながされる。

熱田神宮・中島砦・桶狭間山の上空の風は偏西風になる。

この、地上の弱い風と上空の偏西風が合わさることにより、積乱雲じたいは南東方向に進む。

つまり、熱田神宮近辺で発生した積乱雲（入道雲）は、そのものずばり熱田神宮から中島砦を経由して桶狭間山上空へとながれるのが通例である。

この進路そのものも織田信長は承知していたのは間違いない。

ただし、これほどまでの積乱雲の塊・クラウドクラスターの発生と強烈な集中豪雨、そして向かい風であれば歩行することさえ不可能なはげしいダウンバーストとなるとは予想していなかっただろうが。

雨がやんだ。駆けぬけるように、雨がやんだ。光秀は空をみあげた。太陽がいっぱいあった。

にわか雨は「馬の背をわける」ともいうとおり、降るところと降らないところがはっきりとわかれる。

「一同、槍をそろえよ！」

織田信長が馬に飛び乗りながら怒鳴った。

「豪雨であった。弓の弦をたしかめよ。風でゆるんだ武具馬具の緒を締め、隊列をととのえよ！」

光秀はこの瞬間まで、鉄砲のことを忘れていた。あわてて背に負った鉄砲をたしかめた。銃口を下に向けていたので雨ははいりこまず、火皿や火蓋の部分は油紙で包んでいたので助かった。信長の指示は正しかった。

腰に十発ぶんほどつけていた早具(はやご)（弾丸と弾薬を和紙で繭状にくるんで装弾を手早くできるようにしたもの）はすべて雨を吸っていて使い物にならなかったが、腹の側にくくりつけておいた弾丸と火薬は無事だった。装弾に時間はかかるがなんとかなる。

なにより火縄は濡れておらず、懐中の胴火の火も無事だった。

「一同、みるがよい」

信長は正面、およそ四分の一里（約一キロメートル）まで迫った桶狭間山を、手槍でさした。

「天は織田に味方した！」

光秀は、またもおのれの目を疑った。

織田総軍をおおいかくしていた巨大な入道雲と豪雨の幔幕が——

今川本陣のある桶狭間山を襲っていた。

積乱雲の塊・クラウドクラスターの移動速度は、雲の背丈の中間付近、およそ高度三千メートルの風速から割り出される。

グレゴリオ暦での六月の平均風速は秒速六・三メートルだが、太平洋高気圧におおわれた場合は秒速三・八メートル程度に遅くなる。

中島砦から桶狭間山まで直線距離でおよそ三千七十メートル。

つまりクラウドクラスターはおおむね十三分二十七秒間、中島砦から桶狭間山に向かう織田信長軍を豪雨でおおいかくし、そして今川義元本陣の桶狭間山に『風に向かって歩けない』風力をはるかに超えた、真正面からの東向きの向かい風をたたきつけた。

この様子に信長軍は総じて驚嘆し、『信長公記』に『あまりの事に熱田大明神の神軍かと申し候なり』と記録されることとなる。

びしょ濡れになりながらも、今川義元軍に邪魔されることなく、織田軍はさらに前進し、桶狭間山のふもとにたどりついた。信長は進軍をとめた。今川本陣の目の前である。

「一同、勢をととのえよ！」

織田信長軍は、集中豪雨に隠されながら前進し、そして豪雨を降らせた雨雲に追い抜かれた。

このとき、桶狭間山の今川本陣は、強烈な集中豪雨の真下にあって、光秀たちからは様子がうかがえない。

ただし「歩くのが不可能なほどの強風」は、信長軍には追い風だったが、今川義元の本陣では向かい風になる。

――これは――

運気が信長に向いている、と光秀は思った。運も合戦では重要な要素だ。

どれほどすごい突風と豪雨なのかは、光秀はたったいま身をもって知ったばかりである。

入道雲の真下に突っ込むほどおろかではない。

光秀と、織田信長軍は、待った。

今川軍との直接対決は目前である。光秀は今川に寝返るとしても、信長本人の命を守らねばならない。臨戦態勢をととのえる必要があった。

「木下、お前、弾込めはできるか」

光秀は鉄砲をとり、最初の一挺に弾薬をこめて秀吉にわたしながらたずねた。

「もとは雑兵やから、だいたいのところは」

秀吉の、声がふるえている。怖いのだ。これでは組んではたたかえない。

「やってみろ」

光秀が次の鉄砲を一挺と弾丸、そして火薬をつめた瓢簞(ひょうたん)を秀吉にわたすと、秀吉はカルカ(火縄銃の弾薬込めの槊杖(さくじょう))を手際よくあやつって銃口から火薬と弾丸をこめ、光秀にかえした。

「これでえーかや」

「ふむ」

秀吉は、本当に、たたかうこと以外はなんでもできる。器用な男である。

「木下、お前、槍術の心得は」

「あるわけが、無(に)ゃー」

「ならば私の横にいて鉄砲の弾薬をこめろ」

「あんたの下働きなんか――」

「おたがい、死なずにすむぞ」

鉄砲が三挺あっても、弾込め助手がいなければ威力は半減する。この当時の火縄銃は単発式の先込め銃で連射ができない。

弾薬をこめる者と撃つ者が分業すれば、鉄砲は連射ができて弓矢を遥かに超える武器となりえる。

――私たちは、信長のために死ぬ気はまるでないだろうが――

光秀が目で語ると、秀吉の目が泳いだ。

光秀は「今川義元に自分を高く売るために」織田にいる。

秀吉は「織田信長が評価してくれないので今川義元に乗り換えるために」参陣している。

二人とも、この合戦で、信長のために死ぬ気は、まったくないのだ。

前田利家は「御屋形（信長）のためなら死ねる」と言い切ったが、光秀も秀吉も、前田利家とは立場が違う。

だからこそ。

死なずにすむぞ、のひとことはきいた。

秀吉は弾込めをおえた二挺目の鉄砲を光秀にわたすと、三挺目の鉄砲をとり、黙って弾薬を詰めた。

そしてそのとき。

光秀たちの目の前で、みっつめの奇跡が、起こっていた。

七　桶狭間

光秀たちの目の前で、みっつめの奇跡が起こっていた。

桶狭間山の上空に立ちのぼっていた入道雲と垂れていた滝のような雨の柱がゆっくりと過ぎ去ると、今川義元の本陣が、なくなっていた。

突風と暴雨によって木々はなぎ倒され、巨龍が踏み荒らしたかのように地面をむき出しにしていた。

陣幕や馬印、旗、幟などが吹き飛ばされて散乱し、木々の枝にひっかかり、今川の本陣が、本陣としての体裁をなしていないのが、光秀のいる場所からもわかった。

桶狭間の合戦の、勝負はすでについている。

たたかわずして、織田信長が勝っていたのだ。

――信長はどう出る？――

織田としては「今川の出鼻をくじけば勝ち」とした。今川の大軍は、大高城近辺の先陣や沓掛城から隊列をなしている後詰めは、いずれも動いていない。命令を出す本陣が暴風雨で一時的に壊滅しているのだから、動きはとれまい。

――このまま信長は引き上げるか――

それがもっとも的確な判断ではある。

織田信長は長居はできない。

突然の暴風雨で壊滅したのは桶狭間山の今川義元の本陣だけで、今川軍のほとんどが無傷である。大高城の松平元康たちがひきいる今川軍先陣に背後にまわられ退路を断たれて挟撃されたりすれば、わずか二千の織田信長軍はひとたまりもない。

くりかえす。ここで信長が攻め出さなくとも、織田は勝ちなのだ。

——どうする？——

光秀は信長の側をみた。

信長は、馬にまたがったまま、微動だにしない。

迷っているようにみえなくもないが、言動も思考も理解できない男なのだ。

「どうしたらええのや」

秀吉が、光秀の耳元でささやいた。秀吉の、目が泳いでいる。秀吉がこれほどまでに戸惑うのをみるのは、光秀は初めてではないか。

秀吉は、武辺や体術の才能があきれるほどないこともあって、極端に命を惜しむ。けれども頭の回転は異様に早い。

「信じろ」

誰を、とはいわない。

秀吉は、まさか信長がここまで善戦（戦っていないが）するとは思っていなかったのだろう。光秀も思っていなかったが。

――織田と今川の、どっちについたらええのや――

秀吉は目でたずねてきた。秀吉の立場は微妙ではある。引き続き織田信長の密偵として日陰者の道をあゆみ続けるか、それともこのどさくさにまぎれて今川義元のもとに寝返るか、どちらも選べるだけに難しい。

――あわてるな――

光秀は目でこたえた。秀吉のうろたえる気持ちはわかる。しかし、だ。

三つの奇跡が起こり、信長の勝利はほぼ決まった。

――織田の不利はかわらない――

だが、「今川義元が戦死しない限り」、信長が不利な事情はかわらないのだ。

そもそも。

この時点で、今川義元も勝っている。


今川義元が勝っていることの第一。

今川軍はこの朝、尾張国に侵出した今川方の大高城に兵糧を搬入し、そして織田方の丸根砦と鷲津砦を陥落させた。つまり、織田の領地をおおきく今川側へ削り取ることに成功したのだ。

今川義元が勝っていることの第二。

四万という空前の大軍の運用に成功した。今川は経路で掠奪することなく全軍に軍事糧食を供給できた。暴風雨の本陣の直撃という不運はあったものの、それ以外は順調に全軍を駿河から尾張大高まで進められた。「四万という大軍を駿府から尾張・三河の国境まで動かせる」という事実はかわらない。それだけで今川を包囲している甲斐の武田や相模の北条を震え上がらせるには十分だ。

ここで今川義元が熱田湊の制圧をあきらめ、駿府にひきあげたとしても、今回の出陣の所期の目的のうち、二つをすでに達成したのだ。

たしかに今川の本陣は壊滅している。

ただしこれは天候によるもので、あくまでも「運」によるものだ。本陣以外は無傷である。今川義元本人の安否は、この時点では不明だが、どれほど激しかろうとしょせんは雨にすぎないのだ。今川義元自身が先陣なり後詰めなりの軍に合流すればそれですむ。

ここで今川が無理に熱田湊まですすむより、軍をとりまとめて一旦ひきあげれば十分である。

すでに織田信長が尾張の家臣団に見放されていることは証明されている。

尾張の国力をもってすれば――しかも主戦場は尾張国内だから補給などに兵を割く必要はないのだ――信長は二万、悪くても一万の動員は不可能ではなかった。にもかかわらず、信長はほとんどの家臣に見放され、わずか二千しか率いることができなかった。

信長は、すでに死んでいる。

このまま信長は清洲に帰ることはできる。

信長が引き上げれば、今川義元もとりあえず駿府にひきあげるだろう。

今川義元四万を織田信長二千がしりぞけたのだから、形だけでは信長の大勝利だ。

けれども、清洲に帰ったその日のうちに、信長は家臣団によってたかって殺されるだろう。

織田信長は今川義元に、いくさで勝っても政治で負けているのだ。

とはいえ。

ふつうに考えれば、桶狭間の局地戦での決着はついている。

ふつうに考えれば、織田信長がこれ以上、今川の本陣を突く理由はない。

ふつうに考えれば。

そして、信長は、ふつうではない。


「みなの者、源頼朝の能や謡曲を聞いたことがあるか」

信長は、しずかに口をひらいた。

小声でもよく通るのは、すでに知っている。

「九郎判官義経と、武蔵坊弁慶の主従は、いくさで負け、謀略で負け、政治で負けたが名を残し、名前で頼朝に勝った。われら戦国武将にとり、いかに生きるかとは、いかに死ぬるかである」

誰も、なにもいわない。

「このままでは『信長の勝ち』ではなく『運が良かった』で済まされてしまう。それは、美しくない」

信長が言い終えると同時に、空が完全に晴れあがった。

「こんな奇跡は何度もおこらぬ」

それについては光秀も同意見である。

「さっさと攻めてさっさと抜けるぞ、者共」

信長は、槍で高く天を指して怒鳴った。

「すわ、かかれ！」

開戦の、法螺が鳴らされた。


織田信長全軍が、今川義元本陣に襲いかかった。

『黒煙立てて懸かるをみて、水を撒くるがごとく、後ろへ、くわっと崩れたり』

と『信長公記』は伝えている。

火縄式の鉄砲は火薬が薬莢に密閉されておらず、極端に雨に弱い。信長は暴雨風の直撃を予見した。そのため、織田側の鉄砲は雨に濡れていない。

開戦の法螺とともに、信長軍の鉄砲隊や、光秀などの鉄砲者たちが一斉に今川軍に向けて発砲した。

合戦の合図に法螺や太鼓、鉦（かね）や銅鑼（どら）を使っていたこの時代、黒色火薬を使った鉄砲の発砲音にまさる轟音は存在しない。

信長軍の銃口が火を噴き、轟音をとどろかせると、信長軍の武者大将（中隊長）が進軍の鉦を鳴らし、槍組が整然と突進をはじめた。

黒色火薬は「火薬が黒色」であって、煙は白い。『黒煙立てて』とは、豪雨でぬかるんだ地面を、蹴りあげた泥しぶきが、はげしくて煙のように立ちのぼった、ということだ。『信長公記』をあらわした太田牛一は、この時期、弓組として織田信長に仕えていた。このため、天候以外は信長寄りに記載している。

今川義元軍は『くわっと崩れた』のではない。暴風雨で荒らされた本陣を立て直すため、今川義元の馬廻衆らが、今川義元の身の安全の確保のために、義元のもとへとあわてて集まりはじめたのだ。

それが、裏目に出た。

今川義元軍が、くずれているように見えたのだ。

「なあ、十兵衛（明智光秀）殿、これ、ひょっとしたら――」

秀吉は、はねあげられた泥で真っ黒になりながら光秀に声をかけてきた。秀吉の、声がとまどっている。織田が勝てば秀吉は織田に帰ればいいかもしれないが、勝ちすぎても秀吉は困る。

「ひょっとしたら、御屋形が今川義元の首をとってしまうやないか」

「ない」

光秀は即答した。

二千の織田軍が高揚しまくりで今川本陣に突進している真っ最中である。おおくを語るわけにはゆかない。だが、光秀の確信を口にしなくとも、秀吉には伝わる。

今川義元は、戦死なぞしない。こんな大軍の大将が死ぬわけがない。

「逃げる者は追うな！　首なぞとるな！　今川義元をさがせ！」

信長が怒鳴り続けては、いる。

だが、今川義元はみつかるまい。討ち死にもしない。

足軽たちを束ねてみずから馬に乗って前線に出る侍大将や、侍大将たちを束ねて「備（そなえ）（槍組・弓組・鉄砲組・騎馬組などで構成される合戦の軍編成の最小単位）」をひきいる武者大将ならば、合戦で戦死することはある――というか、かれらの首をとるこそが、合戦の勝敗を決めるのだが――総大将が戦場で死ぬことはほとんどない。

三河の先代の国主・松平広忠は合戦ではなく、岡崎城内にいるときに家臣に暗殺された。

織田信長は尾張統一までに幾度となく合戦をおこなった。謀反の総大将だった者のうち、異母兄・織田信広は赦した。同母弟・織田信行（信勝とも）は一度目は赦した。信行の二度目の謀反が発覚したときは、合戦を起こす前に、仮病をつかって清洲城に誘い込んで殺して決着した。

光秀は鉄砲を撃ちかけながら、何度も何度も何度も何度も自分に言いきかせた。

合戦で総大将が戦死した例はほとんどない。

例外は――

光秀は、記憶をたぐったとき、ざわっと肌が粟立った。

光秀の旧主・斎藤道三は、長良川の合戦で息子の斎藤義龍とたたかって戦死した。

光秀は、総大将が野戦で戦死するという、戦国ではめずらしい合戦に遭遇していたことを思い出したのだ。

――まさか、な――

そのとき。

信長の馬廻衆のひとりが指さした。

「御屋形、あれを！」

信長の馬廻衆のひとりが指さした先には、塗輿（ぬりごし）がうち捨てられていた。

今川義元は足利将軍の支族である。実際には馬も自在にあやつったが、輿に乗ることをゆるされた。

その、義元の権威の象徴である輿が突風に吹き飛ばされたままここに放置してあるというのは、いかに義元が緊迫した状況におかれているかということでもある。

「今川義元の旗本（今川義元の身柄）、これにあり」

信長は、東をゆびさした。

——馬鹿な！——

光秀は内心、絶叫した。

「これへ、かかれ！」

永禄三年五月十九日（一五六〇年六月一二日・グレゴリオ暦六月二二日）、未刻（午後二時）であった。

織田信長のさした先には、鎧に身を固めた徒士武者がおよそ三百、円陣を組んで今川義元をかこんで守っていた。

織田信長の本隊はこのとき二千。兵站の輸送係はいない。二千すべてが戦闘員である。

瞬間的に、織田信長が、有利となっていた。


戦国には自動火器が存在していない。組織戦闘とはいえ、白兵戦が基本である。

弓矢、投石、鉄砲などの飛び道具で敵を損耗させたうえで主力である槍組が敵を突きふせて前進する。

ちなみに歴史研究家・鈴木眞哉氏の研究によれば、戦場の負傷者の割合は弓矢三十八・八

%、鉄砲二十二・二%、槍二十・八%、投石・礫十一・三%、刀剣七%。この統計は応仁の乱から島原の乱までを対象としているので、弓矢の比率が高めになっているが、鉄砲伝来後は鉄砲による負傷者が四十三・六%、弓矢十七・二%、槍二十一%、刀剣九・三%となる。
(『戦国時代の大誤解』ＰＨＰ新書)

すこしでも敵との距離が遠い武器が重用されたのは、要するに自軍の被害を避けたいからである。

戦国時代の合戦の目的は、ほとんどが経済的な理由からだ。戦争が最大の公共事業であることは、古今東西かわらない。この当時の合戦に、思想信条を目的としたものは、一向一揆を除けば滅多にない。

つまり。

戦国時代の合戦は、たくさん敵を殺した方が勝つのではない。

陣をくずさず、戦場に踏みとどまった者が多いほうが勝ちなのだ。

そのためには。

結局のところ、数の多いほうが勝つ。

織田信長は、家督を相続して以降、尾張を統一するまで、幾度となく少数の軍勢で倍以上の敵を討ちはたしてきたが、これは実はきわめて異例な戦いかただったのだ。

瞬間的に、織田信長軍は二千、今川義元警護隊三百と、信長がおおきく今川をうわまわっていた。

ただし、あくまでも「瞬間的に」である。

今川義元本人がこの急場を逃げ切って、後詰めなり先陣なりに合流すれば、たちまち形勢は逆転する。

「いち！　に！　いち！　に！」

織田信長がみずから号令をかけ、それにあわせて鉄砲隊が火を噴き、弓隊が矢の雨を降らせ、槍隊が今川本陣を突きくずす。

だが、圧倒的な不利にもかかわらず、今川義元の警護隊は幾度となく押し返してきた。今川は強い。

『二度三度、帰し合わせ帰し合わせ』と、『信長公記』は今川義元の警護隊がくりかえし反撃している様子を伝えている。

とはいえ。

反撃するにつれ、今川義元警護隊の兵数が減ってゆく。

──今川義元は、逃げきれるのか──

光秀は幾度となく鉄砲を撃ちかけながら、内心つぶやいた。

──だいじょうぶだ。これ以上信長が深追いする意味がない──

だが。

今川義元警護隊が五十ほどになったとき。

織田信長は馬から降りて怒鳴った。

「今川義元の首をとれ！」

織田信長の掛け声に、織田全軍二千は一斉に今川義元警護隊五十に襲いかかった。

大混戦がはじまった。


「私のそばから離れるな！」

光秀は秀吉に声をかけた。

「ひいっ！」

背後から秀吉が悲鳴をあげた。

光秀が振り向くと、今川の鎧武者が目の前で手槍をふりかざしていた。

鉄砲で狙いをさだめる間はない。

光秀は腰だめのまま引き金をひいた。

鎧武者は、うしろに吹っ飛んだ。

「次！」

光秀は、撃ちおえた鉄砲を秀吉に手渡そうとした。

けれども、秀吉は体をこわばらせたまま動かない。

「おい！」

光秀は秀吉の肩をゆすった。

秀吉は、我にかえった。震える手で弾込めを終えた鉄砲を光秀にさしだしながら、撃ち終えた鉄砲を受け取る。

「木下、いちおう言っておくが、臭うぞ」

いまの暴風雨で全身がずぶ濡れになっているからわかりにくいが、秀吉が恐怖で失禁している。

「まさかこれが初陣か？」

戦場にいて恐怖から失禁するのは当然で、珍しくも恥ずかしくもないが、場数というものはある。

秀吉は卑賤の出身で初陣は遅かったのは想像はつくが、それでも秀吉は二十四歳。成人としては十分すぎる年齢だ。ましてや尾張統一時代の織田信長の戦法はかなり強引で、決死の局面も数多かったはずなのだが。

「とんでも無(に)ゃーです」

「だったらなお悪い」

要するに、秀吉は、血で血を洗う戦場には向いていない、ということだ。

木下秀吉（羽柴秀吉・豊臣秀吉）は「勝敗を合戦で決める」ことをきらった。

秀吉が戦場で戦傷を負ったのは永禄十二年（一五六九）、織田信長の伊勢国阿坂城攻めで太ももに矢傷を受けた一度だけ。

木下秀吉・羽柴秀吉の戦略は、調略と政治が中心である。実は武功らしい武功はほとんどない。元亀元年（一五七〇）年の金ケ崎の戦いで殿軍をつとめたぐらいである。同じ元亀元年の姉川の合戦では真っ先に崩れた。長篠の合戦でもたいした戦功はあげていない。

秀吉は攻城戦を得意としていたが、敵を包囲して投降を説得する戦術をとるのが基本で、これは合戦というよりは交渉である。なにより、木下秀吉は生涯一度も徳川家康に合戦で勝利したことがなかった。

木下秀吉は「政事（せいじ）の人」なのだ。

織田信長軍が、今川義元本人に肉薄していた。

『信長もおり立って若武者ともに先を争ひ（信長も馬からおり、若武者たちと先を争うように）、つき伏せ、つき倒し、いらつたる若者ども（興奮した若者たち）、乱れかかつて、しのぎを削り、鍔（つば）を割り、火花をちらし、火焔をふらす』（信長公記）という、大乱戦になっていた。

光秀と秀吉、そしてそのほかの鉄砲衆数十人は、弾込め助手が弾薬をこめる工程があるぶん、本隊よりは若干進行がおくれがちになる。

おのずと今川義元の本陣のたたかいを、冷静にみることになる。

今川義元の本陣に、血しぶきがあがりはじめるのがみえた。

「これは――」

衛生や消毒や看護という概念のないこの時代、戦場での負傷は死に直結しかねない。血しぶきがあがるほどの深手を気にしない理由は、ひとつだけだ。

今川義元本人を、発見して追い詰めているのだ。

義元の、命があぶない。


忘れられがちだが、明智光秀は「武」の人である。

たまたま文学にあかるいこと、算術にたけていること、行政経験があること、将軍家との人脈が太いこと、なにより本能寺の変の後に秀吉に惨敗したために、文人の印象がある。

だが、信頼しうる史料で明智光秀が歴史に最初に顔をみせるのは、永禄十二年（一五六九）一月の六条合戦（本圀寺(ほんごくじ)の変）である。三好三人衆らが率いる一万の将兵が、足利義昭将軍のいる京都六条本圀寺を襲撃した。このとき明智光秀はわずかな手勢で足利義昭将軍を守りきって武名をあげた。元亀元年（一五七〇）の金ケ崎の戦いでは、武辺者の徳川家康とともに殿軍をつとめて浅井・朝倉連合軍の追撃を振り切った。

明智光秀が「武」の人とは何を意味しているか。

戦況を正確に見極められるということである。

今川義元の、命があぶない。


「まさか」

明智光秀は目を疑った。

今川義元の、命があぶない。

桶狭間の、この合戦で、織田信長はすでに、義元の本陣に暴風雨をぶちかますという奇跡をおこしている。

——奇跡は何度もおこるわけがない——

今川本陣が壊滅しても、今川義元が戦死しないかぎり、織田信長の不利はかわらない。

今川義元が戦死しないかぎり。

けれども。

今川義元が戦死したら、明智光秀のこれまでの苦労が無になる。

美濃時代、斎藤道三に閑職においやられた苦労。

長良川の戦いで一発逆転を狙って大敗した苦労。

足利義輝将軍に、ただ働きをさせられて、いまだになんの見返りもない苦労。

京都で極貧の生活を強いられた苦労。

なにより。

妻・熙子(ひろこ)に、どういえばいいのだろう。

今度という今度は、熙子に楽をさせてやれる機会だったはずなのに。

人生という博打では、目が読めない。

光秀自身の人生の夜明けは、いつ訪れるのかわからない。

そのとき、

「信長を、狙うのや」

秀吉が光秀の耳元で、ささやいた。

光秀はおぼえず秀吉をみた。

秀吉は、まばたきをしていない。


「『自分の夜明けは自分でつかめ』と御屋形は言いゃーした」

たしかに、信長は岡崎城でそう言った。

「総大将が死んだら、そこで合戦は終わりだがや」

信長は光秀の前、五間か六間（九メートルから一一メートル）あたりで、背をむけて槍を振りまわしている。鉄砲なら必殺の距離だ。

秀吉のいう通り、ここで今川義元の命を救う、いちばんの方法は――

信長を射殺することである。

「いま（信長を）射殺したら、私が殺される」

「なんのためにや」

信長が死ねば、織田が戦いつづける意味も理由もなくなる。秀吉は、正論であった。

「誰に殺されるのや」

「前田利家は、（信長のためなら）死ねる、と言った」

「あいつは自分に酔うとるだけや」

血で血を洗う戦場で、おびえてふるえていた秀吉の声ではなかった。信じられないほど、口調が冷たい。

「他の鉄砲組の者に」

「ここで鉄砲を撃っとるのは、あんただけやないがや」

数十人の鉄砲組は、それぞれに次々と今川の陣に向け――すなわち信長の背後から鉄砲を撃ちかけている。

「ええか。鉄砲の弾丸に名前は書いたらせん」

弓矢の場合、武功を示すために矢柄に名前が書いてある。だが、鉄砲の鉛玉には何もかかれていない。

「誰が（信長を）撃ったのか、わからせんのや」

秀吉のささやきに、光秀はじわり、と右手に汗がにじんでくるのがわかった。あわてて左の籠手の袖で汗をぬぐおうとしたが、そこも先刻の暴風雨で濡れている。

秀吉の言う通りである。そもそも光秀がここにいるのは、今川義元のために信長を暗殺者から守るためなのだ。誰が信長を暗殺してもわかりはしない。

それよりも。

今川義元を危機から救うことこそが重要であった。

それには。

信長を背後から射殺する。

光秀はもういちど秀吉をみた。秀吉は本気で信長を裏切る気なのか。

秀吉は、うなずいた。

「わしらも、自分の手で自分の夜明けをつかむのや」

——どうする?——

明智光秀は自分に問いかけた——

つもりだったが。

気がつけば、銃床を右の頬につけ、火蓋を切り、信長の背中を狙っていた。

一発で信長を仕留めなければならない。

光秀は、銃口の照星、銃身の照門、そして兜の目庇(まびさし)の三点で、織田信長の背中を狙った。

引き金をしぼる。

火ばさみの火縄の先が、火皿に落ちる直前――

光秀の兜から、雨のしずくが火皿に落ちた。

火薬が、雨水を吸った。

ことり。

火縄はむなしく火皿をたたいた。

「不発だ！」

光秀は火縄をはねあげ、秀吉に不発の鉄砲をわたした。

その瞬間。

信長が、ふりかえった。

光秀と、目があった。

信長は光秀から視線をそらさず、槍をふりあげた。

信長の肩越しに、はねられた首が宙を舞うのがみえた。

首は、白い化粧と置き眉がほどこされ、そして歯が黒かった。

信長は、光秀をみつめたまま、怒鳴った。

「今川『三河守』義元が首、討ちとったり！」

次の瞬間、光秀のとなりで秀吉が腰を抜かしてへたりこんだのがわかった。臭う。秀吉は下帯のなかに脱糞したらしい。

たしかに、どんな修羅場に身を置くよりも、いまの信長の目が怖い。

今川義元は最期まで猛将であった。

信長軍に包囲された際にも、徹底的に抵抗した。

槍をふるい、槍が折れると太刀を抜いて戦い続け、織田信長の馬廻衆・服部小平太一忠の膝口を斬った。甲冑で身をかためた戦国の武者を、刀で負傷させるのは難しい。

この局面では、織田側の者たちの狙いは今川義元の首だけである。寄ってたかって義元に襲いかかった。それでも義元は冷静に狙いをさだめて抵抗した、ということだ。

最終的に今川義元は向こう脛を打ちはらわれ、うつ伏せに倒れた。そして信長の黒母衣(くろほろ)衆(しゅう)（馬廻衆からさらに選抜された精鋭部隊）・毛利新介良勝が今川義元に馬乗りになり、顔面を引き上げて喉に短刀を突きつけた。このとき今川義元は、毛利良勝の人差し指を食いちぎった。

今川義元の最期の抵抗に毛利良勝はおどろいた。義元の喉に当てた短刀に力がはいりすぎた。喉をかききるだけのつもりが、脛骨ごと切り落とした。

勢いがあまり、今川義元の首が宙を舞ったのだ。

「今川『三河守』義元が首、討ちとったり！」

織田信長が怒鳴った瞬間、今川義元を守るために槍をふるっていた今川義元の馬廻衆は、一斉に敗走をはじめた。

織田の者たちが逃げ出しはじめた今川の者をとりおさえて首をとりはじめたところ、織田信長は、

「今川義元の首だけ持ってこい！　それ以外の首実検は清洲でやる！」

今川義元の首はただちに信長の前にだされ、義元の戦死が確認された。

織田信長は『ご満足、斜めならず』と、きわめて上機嫌であったという。


信長の言葉を待っていたかのように今川軍も撤収をはじめるのが、光秀の目にもわかった。総大将が合戦中に戦死するのは異常事態であって、誰もそんなことを想定していない。今後のことは今川義元の後継者・今川治部大輔氏真(うじざね)の指示を待たねばならないのだが、氏真は駿府で留守居をしている。今川軍は撤収を命じる者が誰なのかもわからないほど混乱している、ということだ。

織田軍も撤収をはじめた。

負傷者の手当と後方搬送の段取りをつけたところで騎馬武者たちが一斉に馬にまたがり、鉄砲隊は弾薬をこめなおし火縄を交換した。「勝って兜の緒を締めよ」とは、戦国武将にとってはもののたとえではない。

光秀は、放心している秀吉の肩を叩いた。

「おい」

秀吉は、我にかえったものの、呆然として口をひらいた。

「人生の夜明けは、逃げることがあるんやなあ」

「しょっちゅうある」

だから光秀はこの年にいたるまで、就職できないのだ。

「人生の太陽は、日の出前でも引きかえすから油断できない」

「そんなことがわかってても、うれしいことはあらせん」

まあ、そうであろう。秀吉はまだ若く、光秀は夜明けを見ぬまま日が暮れそうな気配が濃厚である。

明智光秀は、不発だった鉄砲を秀吉から受け取り、弾薬をとりかえようとした。そのとき、火皿の火薬が乾いていることに気づいた。

――ひょっとして――

光秀は周囲に「ためし撃ちだ」と告げて鉄砲を空にむけ、火縄に点火して引き金をひいた。

虚しい轟音とともに不発だった鉄砲は銃口から火を吹いた。

「いろいろ運のええ人やな」

秀吉が力なくわらった。

「私は運がいい」

光秀は自分の運のなさにあきれかえって自嘲した。

「私はまわりに幸運をふりまく定めにあるらしい。木下、私にかかわれば大出世するぞ」

光秀は言い捨てた。

——もっとも、この後、光秀とかかわった人物は次々と出世する。光秀が次に正式に仕える足利義昭は十五代将軍になった。その次に仕える織田信長は正二位右大臣になった。秀吉は本能寺の変ののちの山崎の戦いで光秀を破って天下人となる。そして光秀と京都をかけずりまわった松平元康は「徳川家康」となって金ケ崎の戦いをともに戦い、徳川幕府をつくった。

ただし、それらはまだ先の話。


織田信長は、馬にまたがると、光秀と秀吉の側をみて、目で「来い」としめした。

「御屋形！　お見事でいりゃーす！」

秀吉は走りよって地にひれふし、泥だらけになりながら額を地面にこすりつけて絶叫した。

「天は御屋形に味方したがや！　わしはずーっと御屋形の勝ちを信じとったのや！」

半刻前、秀吉は同じ口で光秀に「信長を背から撃て」と言った。

も秀吉である。

その一方、身銭をすべて投げ出して飯を用意し、足軽をかきあつめて熱田神宮に送ったの
ころころと立場をかえるところは光秀も似たようなもので、秀吉を責められない。ただ、秀吉の変わり身は全力で、行動が極端である。

「あたりまえのことを申すでない。俺はいつでも必ず勝つ」

信長は秀吉にかまわず馬をすすめるので、秀吉と光秀はついてゆく。

「三河を今川から切り離せ」

信長は馬上で正面を向いたまま秀吉につぶやいた。

「それができたなら、此度の功とあわせて表の役務にまわしてやれる」

人事は組織のすべてに優先する。独断専横の信長でも、さすがに草履取りの雑人出身の秀吉を表の仕事につけることはできなかった、ということだ。

「できるか」

「やりまする!」

——無茶苦茶な主従だ——

信長の指示は外交と敵国の内政干渉に属することである。ひとりの密偵の裁量をはるかにこえている。できるわけがない。

「十兵衛」

「はっ」

「『できるわけがない』と顔に書くな」

「御意」

光秀は、背に冷や汗がうかぶのがわかった。

「たったいま、俺がおこした奇跡を目の当たりにしたばかりだろうが」

といわれると、返すことばはない。

「俺はいま、機嫌がよい」

そんなことはみればわかる。

「十兵衛は咎めずに放免してやる」

信長は、光秀が狙っていたことに気づいていた。

光秀の全身が、ざわっと粟立った。

「次に俺のところにくるときは――」

信長は半拍の間を置いてつづけた。

「将軍を連れてこい。そしたら召し抱えてやる」

おたわむれを、といいかけたが、信長の周囲をかためる馬廻衆は誰ひとり笑っていない。

「十兵衛、猿。竹千代に会ったら伝えよ」

「へい」

「いかなることを」

「人生、意外となんとかなる」

八　城主

永禄三年五月二十三日（一五六〇年六月一六日）岡崎城本丸台所。

いかまどの縁（へり）のほこりが、掃ききよめられ、そこここに箒（ほうき）のあとがある。だからどう、というわけではないが、岡崎城には何とはなしに高揚の気配がある。

いま、岡崎城は今川からのあずかりものではない。岡崎松平衆がとりかえしたのだ。

松平信康が、警護の馬廻衆をともなって台所にやってきた。光秀は秀吉とともに、台所の土間に平伏した。

「委細は承知している」

はじめて会ったときにはさわやかで純情だった青年は、わずかな間に老獪な戦国の城主の顔になっていた。

「岡崎城の御回復、祝着に存じ上げ申し候」

「ご入城、なによりですがや」

「これからだ」

信康は、眉ひとつうごかさずにこたえた。光秀たちへの態度が、城主のそれになっている。

☆

光秀と秀吉は織田本隊からはなれた後、ただちに岡崎へと向かった。

今川は総大将兼国主がいなくなった。今川義元は家督相続時に兄弟たちと骨肉の争いの経験があるだけに、早い時期に後継者を嫡男・今川治部大輔氏真だけにしぼったので、その意味での混乱はない。

だが、今川義元が織田との合戦の最中に戦死することは計算にはいっていなかった。

駿府で留守を守る氏真への代替わりの業務の引き継ぎは膨大なものになる。

松平元康を棟梁とした三河武士団は一旦岡崎に結集した。

三河武士団は今川にとっては外様である。直接駿府に向かうのではなく、いったん岡崎に結集して松平元康の下命で移動するのが正式な段取りだからである。

ところが。

今川が、岡崎城を捨てたのだ。

経緯はこうだ。

桶狭間の合戦で今川義元が戦死した翌日の永禄三年五月二十日、松平元康と三河武士団は大高城を抜け、今川が押さえている三河岡崎城に戻ることにした。

大高城を抜ける直前、大高城の近隣を支配する織田方・水野下野守信元より申し出があった。

「岡崎城で留守居をしている今川の者たちから松平殿に城を引き渡したいと申し出があった。月の出るのを待って、夜に大高城を出たならば、岡崎城を明け渡すが、いかがか」

今川の者が織田の者に岡崎城の明け渡しを相談するのはおかしな話で、松平信康は蹴った。そして大高城を脱出するや岡崎城下・大樹寺に集まった。

このとき、岡崎城が空になっていることが判明した。

岡崎城に置かれていた今川の留守居の者たちは、今川義元の戦死の報を受けるや。ただちに岡崎城を放棄して駿府に向かっていたのだ。

あまりのことに松平元康は罠をうたがい、確認に手間をかけた。

結局、松平元康と三河武士団は、城や城下を損ずることなく、永禄三年五月二十三日、岡崎城に入城した。

明智光秀と木下秀吉は、五月二十日には岡崎にはいった。これまで何をしていたかというと、例によって対人能力にたけた木下秀吉が岡崎城下で松平元康と面会するための伝手をつくるのにいそしんでいた、というわけだ。

一介の牢人と、吹けば飛ぶような織田の密偵ふぜいでは、入城したばかりとはいっても一国一城の主と表座敷で会えるわけはなく、台所での非公式な謁見にこぎつけるのがやっとであったが。

☆

「松平様におかれては、安心しておまかせくりゃーせ！」

秀吉は身をのりだした。三河を今川から引きはがすことができれば、密偵稼業から晴れて表に出られるのだから当然だろう。

「何をまかせると申すのか」

――これは、まずい――

こたえるな、と光秀は心で秀吉をたしなめたが遅い。

「駿府にいる、松平様のご正室とお子様がたを岡崎へお連れいたしますがや！」

「なにゆえに」

ここで秀吉が「三河を今川からひきはがすために」と手の内をさらしたらその場で殴り倒してやるところだったが、さすがに秀吉はそこまで馬鹿ではなかった。

「親子の情のために」

このとき駿府には三河の人質として、元康の長男・竹千代（徳川信康）と正室・築山殿の身柄があずけられていた。築山殿は臨月である。

秀吉は政治よりも情を前面に押し出したが、それでもものすげえまずいことを口走っていることには違いはない。

「気遣い無用。室と息子は今川への人質として出しているのだ。情にながされてやりとりするものではない」

「親子の情はたいせつやあらせんのですか！」

秀吉の剣幕に、光秀はすこし驚いた。損得で秀吉が動いているとおもっていたのだが、それだけではないらしい。思いかえしてみれば、秀吉は戦国武将でいるには、いささか情にもろすぎる。一文の得にもならないのに信長から捨てられた前田利家を飼っているのもそうだし、京で暗殺団の雑人の少年に見せた気づかいもそうだ。

「わしも損得がめあてならこんな危ないことは言わせんです。親に捨てられた子のかなしさと、守ってくれた親のありがたみは、誰よりもわかっとるつもりだがや！」

「そこもとに、わかるのか」

「奥様とお子様は、待っとられるはずです！」

「余は、待っていなかった」

松平元康は即答した。

「生母はそもそもほとんど縁がなかった。父は余が織田信秀にかどわかされたとき、真っ先に見捨てた。余が尾張国・万松寺でとらわれていた頃を存じているとおもうが」

「それは――」

珍しく秀吉が絶句した。

木下秀吉も松平元康も、若いながらともに戦国の者として、苦難と波乱に満ちた苦労人だ。

だが苦労の質が違う。

松平元康は、生母の顔を知らず、実父には自分が織田信秀に誘拐されたときに見捨てられた。養父・今川義元は手厚く遇してくれはしたが、岡崎城の略奪者である。元康は親子の情を知らない。元康の本当の家族とは――

「余の家族はここにいる」

元康はゆっくり自分の馬廻衆をみた。

「余の家族は三河武士だ」

「それは、駿府の奥様やお子様がたを見捨てる、と言っとりゃーすのか！」

光秀はおもわず秀吉の袖をひいた。

元康に親子の情をもとめるのは酷というものである。

「よさぬか、木下」

「ひとりごとを、言います」

元康は目をそらした。

言葉遣いが京都で難をともにした若者にもどっている。

「今川に洩れることはなさそうですから」

光秀はうなずいた。

元康は、城主ではなく、ふつうの青年武将の顔になっていた。

父と母に捨てられた若者の苦悩は、理解できなくとも、聞くことはできる。

「妻と子はそのまま駿府に置きます。『捨てる』とも『助ける』ともあきらかにしません」

「御意」

「今川には『人質が駿府にいるから三河は放置してかまわない』とおもわせ、できるかぎり時間をかせぎたい。妻子はいずれ助けるつもりですが、いまはそのときではありません」

「承知」

「岡崎城は押さえました。今川は体制の建て直しに追われて三河どころではありません。いまのうちに岡崎城を拠点として、三河を今川の手から三河武士の手にとりもどします」

織田信長がかつて織田信秀が急死したときに尾張統一を一気にやったように、今川義元の戦死を機に三河統一を自力でやろう、というのだ。

「今川『三河守』義元は死にました」

元康は右手をかかげて握りしめた。

「三河は、われわれのものになったのです！」

「奥様とお子様は、いつ取り返すつもりでいやーすのや」

「木下殿は、これで迷いがなくなったのではありませんか」

元康は間髪いれずに問うた。

今川義元の戦死で、秀吉が今川へ転身する目はなくなった。

信長からの「三河を今川からひきはがせ」という密命を元康が知っているわけはないが、これで織田につくか今川につくか、中途半端だった秀吉の立場が、これからは織田のためだけのものになるのは確かである。

「わしに迷いはあらせんです」

「私は迷ってばかりです」

元康は目をふせた。

「私には、木下殿のような財を生む才があるわけではなく、明智殿のような文武の才もなく、信長殿のようなひらめきもない」

たしかに松平元康は、さわやかで年齢の割に老獪で優秀な青年武将だが、信長はもちろん、秀吉にくらべても、威厳や強烈な個性といったものに欠けている。

松平元康は、優秀な凡人であった。

「けれども、やれるだけのことをやります」

元康は、自分に言い聞かせるように続けた。

「三河の者たちの夜が、いま明けたのですから」

「御意」

三河衆の——松平元康の、人生の夜は明けた。

木下秀吉の、人生の夜も明けた。

秀吉は何もやっていないようにみえるが、三河は今川から離れるのだ。これで秀吉は密偵仕事から表の仕事に出られる。

織田信長の、人生の夜も明けた。

今川義元の戦死と三河衆の今川離反で、今川家中は大混乱となる。もともと今川は駿河と遠江と三河の寄せ集めの集団で、北に武田、東に北条という大国と隣接しているのだ。まとめ役の義元がいなくなったら、尾張攻めどころではない。

織田信長は、桶狭間の合戦において、圧倒的な大軍をひきいた今川義元を戦死させたことで、今川の脅威をとりのぞき、そして結果を出したことによって家臣団から絶大な支持を得ることになる。

――かれらにくらべて、自分の夜明けは――

光秀は、気が重い。

今川義元への仕官話はこれで潰れた。

織田信長からは「将軍を連れてきたら会う」と、実現不可能な難題をふっかけられ、事実上、仕官を断られた。

松平元康は、岡崎城を奪還したばかりで、あらたに人を雇うどころではない。

――私の夜明けだけが来ないのか――

人生の夜は、明けないままにたそがれることがけっこうある。

武田信玄にはとうに追い抜かれた。今川義元の陽は落ちたが、じゅうぶん陽のあたる場所にいた男でもある。

人に追い抜かれ、自分以外に夜明けがおとずれるのを見続けるのにはとうに飽きた。だが、いまさらほかに何ができるというのだろうか。

「明智殿は、いかがなさいますか」

元康は、まばたきせずに光秀をみた。この青年は、自分の夜明けと引き換えに妻子を見捨てた。元康に頼むわけにはゆかない。

「わしは――」

「木下の気持ちはうれしいが、何もできぬわな」

秀吉はようやく一歩を踏み出したばかりなのだ。密偵ふぜいに何ができるというのか。

「とりあえず、京にもどりまする」

――人生、意外となんとかなる――

信長のことばをかみしめた。

京都にもどればなんとかなる。光秀はひとりではない。

まだ、光秀の人生は終わってはいないのだ。

終章　夜明け

永禄三年五月下旬（一五六〇年六月）京都上京(かみぎょう) 明智光秀自宅。

「いま、帰った」

雨であった。

明智光秀は蓑と笠を戸口にかけ、鉄砲を背からおろして上がりかまちに腰をおろし、盥(たらい)で泥まみれの足をあらった。

「おかえりなさいませ」

熙子(ひろこ)はうれしそうに微笑んだ。湿気がたまるので窓は開け放してある。

光秀は鉄砲の包みをほどいた。

火縄銃に使う黒色火薬は水を吸っても天日干しをすればまた使える。鉛玉もそうだ。だが、鉄砲はそうはゆかない。黒色火薬の残り滓は錆をおこすので、洗い落とすのが重要である。

湯をわかし、鉄砲を分解して銃身に湯をとおす。火薬のかすは水溶性で、湯はたちまち黒くなった。

とりあえず銃身と尾栓に油を引く。

梅雨が晴れたらあらためて熱湯をくぐらせて油を引きなおさなければならないが、当座の大仕事はここまで。

銃身から、からくりを慎重にとりはずす。銃身の掃除は誰でもできるが、引き金や火皿をふくめた機構部分は扱いが微妙で、鉄砲足軽程度の技量では調整はできない。光秀だからこそできる。

銃のからくりに油をさしていると、

「あなた」

熙子が光秀の背に頬をくっつけてきた。十五も年がはなれていると、娘のようなものではある。

「暑くはないのか?」

「もちろん、暑いですよ」

「じめじめしたり、べとついたりしないのか?」

「じめじめしたり、べとついたりしますねえ」

「うっとうしくはないか?」

「あなたは?」

「私はうっとうしくはないが——」

「ないが？」

「四十五歳だ」

十五で成人する時代である。孫がいてもおかしくない。初老なのだ。

「そなたに、なにもしてやれてない」

「生きて帰ってくださった」

「それだけだ」

「あなたが殺されるのも殺すのも、好きではありませぬ」

「これからやるべきことが、思いつかぬのだ」

一緒に組んだ者たちが若すぎたせいで燃えつきたのか？　そうではあるまい。

「そうですか」

「こたびの尾張出張では、何の成果もあげられなかった」

「生きてお帰りになったではありませぬか」

「たくわえを使いつぶしただけで、増やすこともできなかった」

「もともと木下様からもらった悪銭(あぶくぜに)です」

「私には、夜明けも未来もない」

「未来、とは何年先の話でございますか」

と、指摘されると返す言葉はない。人間五十年の時代の四十五歳に、どんな未来があるというのだろう。

「来るかもわからぬ未来を語るより、今宵の夕餉の膳を楽しみにしてはいけませんか?」

「名を残す手立てがもはや――」

「わたくしのなかに『明智十兵衛光秀』という名がずっと残っておりまする。それではいけませんか?」

「私に――」

おぼえず光秀はため息をついた。雨音と、蛙の鳴き声と、じめじめとした空気が、そろってまとわりつくと気が滅入る。

「私に?」

「人生の夜明けは来るのだろうか」

「もう、来ていますよ」

熙子は光秀の背をさすりながら続けた。

「あなたが気づいていないだけです」

「いぜんサイコロを投げたとき、そなたは『何とかなる』と申したことがあった」

「何とかなりました」

「どう?」

「『わたくしの夫になる』ではいけませぬか」

「それでは私はまるで」

光秀は振り向いた。熙子の瞳がそこにある。

「そなたを満足させるためだけに生きているようなものではないか」

「その通りです。ようやくお気づきになりましたか」

熙子は、まばたきもせずにこたえた。

そのとき。

戸口の外から、

「濃州明智十兵衛殿は、おわしますや！」

声をかけてくる者があった。

光秀の背から熙子ははなれた。とはいっても、ひと間しかない裏長屋だが。

「いかにもこれに。入られませよ」

「ごめんつかまつる」

戸からはいった男は、笠をとり、土間に片膝をついた。

「拙者、ご公儀（足利幕府）申次細川兵部大輔（藤孝）様が家来、友岡伝之助ともうし候」

細川藤孝とはながいつきあい（といっても、細川藤孝は織田信長と同い年で、光秀からすれば息子のようなものだが）ながら、細川藤孝の家臣が光秀の自宅をおとずれるのは、これが初めてである。

「いかがいたしたか」

「お引き合わせいたしたきかたが居られますによって、明朝、辰刻（朝八時ごろ）、わが主、細川兵部大輔が役宅に、威儀を正して参上ねがいたし、のよしにございまする」

明智光秀を召し抱えるための面接、である。

「して、いずこの家か」

「越前国・朝倉左衛門督（義景）様にございます」

――運が、向いてきたか――

越前・朝倉義景は当年わずか二十八歳の若年ながら、五年前の弘治元年（一五五五）には越後の長尾景虎（上杉謙信）と呼応して加賀に攻め込み、加賀半国を手にいれた。加賀・越前ともに、一向門徒が多く、常に内乱の危機をはらんでいる。

その一方、朝倉義景は足利将軍家とのつながりが強い。当主義景の「左衛門督」は足利義輝将軍の内書によってゆるされた。はじめ諱を「延景」と名乗っていたが、義輝将軍から義の字をうけて「義景」となった。

十分な大国である一方、将軍の権威をみとめ、しかも内乱の気配があって光秀が活躍できる場のある家である。

「承知した」

明智光秀の、人生の夜が、明けようとしていた。


その後、明智光秀は朝倉義景の客分（軍事・政治・経済顧問）となった。

おもに京都に駐在して朝倉氏と将軍家、一向宗石山本願寺との仲介役として奔走し、やがて足利義輝暗殺事件に遭遇する。

足利義輝の暗殺にともない、光秀は足利義輝の弟、足利義昭を救出して朝倉義景のもとに保護する。

足利義昭は後世、織田信長をさんざん悩ませたことで知られるように、調略の名手である。朝倉家中に保護されるや、たちまち越前国内の一向宗門徒と朝倉義景の和睦に成功し、朝倉義景の娘を、一向宗門跡（宗主）・本願寺顕如の息子、教如と婚約させることに成功した。一向宗（浄土真宗）の僧侶は、妻帯をゆるされている。

そして、足利義昭は朝倉義景にしきりに上洛をうながす。だが、朝倉義景は応じなかった。そのため、明智光秀は、美濃を掌握してほどない織田信長と連絡をとった。

明智光秀は、岐阜・西ノ庄にある、亀甲山護国院立政寺（りゅうしょうじ）で足利義昭を織田信長とひきあわせた。

微妙な違いはあるが、信長の「将軍を連れてこい」は、誇大妄想でもなんでもなく、現実のものとなった。この功績により、明智光秀は織田信長に召し抱えられることになる。

この物語の八年後、永禄十一年七月二十五日（一五六八年八月一八日）のことである。

古書にいう。

苦難は忍耐を生み、

忍耐は錬達を生み、

練達は希望を生み、
希望は決してあざむかない、と。
ただし、このとき、この物語のなかにいる者たちは、誰ひとりそのことを知らない。

（了）

付記

同世代の知人から「息子が髪を七色に染めたんだけど、どうしたらいい？」と相談を受けた。

で、「髪と仕事は、あるうちに選ばせて遊ばせたらいい。年をとったら、選択肢どころか、存在しなくなるから」とこたえた。

知人は、私の頭全体に自己主張している額（ハゲともいう）をみて、いたって納得の様子をみせた。

なんでそんな話をするかというと、本書は初老・明智光秀の戦国就活物語だからである。

人生は、夜が明けなくても黄昏（たそがれ）るから油断できない。

バカボンのパパの四十一歳を追い越したときは苦笑ですんだが、織田信長の享年を追い越し、武田信玄が年下になるといささか焦る。

「犬馬（けんば）の齢（よわい）」とはいうが、足踏みを続けてばかりの日々、自分の息子のような若者が、突然スターとしてあらわれて時代を作ってゆく経験は、なんど遭遇しても尻のあたりが落ち着かない。

——そう、本書でいう明智光秀からみた武田信玄や今川義元への感情そのままで、はやい話が、この作品は自分に向けての「まあなんとかなるさ」という応援歌である。

人生、自分の思い描くようにはならないが、なるようにはなる。

生きているのは、悪くはない。

申し上げておこう。本書は正史ではなく稗史(はいし)である。もともと物語は神話の時代から歴史をかたることからはじまり、これを「大説」と呼んだ。歴史からこぼれたものを「稗史」と呼び、「小説」と呼んだ。とても誤解されるが、本書は歴史「小説」であって「歴史」小説ではない。正確な歴史を知りたい人は研究書をお読みいただきたい。しつこく申し上げるが、この物語は舞文曲筆(ぶぶんきょくひつ)の書である。

とはいうものの、例により本書でも極力二次史料にあたることは避けた。いちおう元禄時代にあらわされた著者不明の軍記・『明智軍記』（二木謙一校注・新人物往来社）に目を通したが、当書は軍記物で史料価値が低く、内容に触れるのは避けた。歴史的に正確を期するためではない。創作された軍記物をもとに創作するのは屋上屋を架すものだからである。

明智光秀の生年は『当代記』によった。狂言『附子』（校注　北川忠彦　安田章）の引用は『新編　日本古典文学全集』（小学館）によった。

戦国時代、たがいの諱（いみな。本名）を口にするのは禁忌とされた。書状ではともかく、セリフのなかで「勝家様」「信長殿」などと呼ぶことはない。本書では煩雑なので便宜上、そう呼んでいる。

大久保忠教『三河物語』（齋木一馬・岡山泰四校注　岩波書店　日本思想大系）の著者は桶狭間の合戦では生後間もなく、一次資料と呼ぶべきか微妙であるが、伝聞時期が早いのと、著者の因って立つ視点が明確なので、適宜採用してある。

決断の法則についてはダニエル・カーネマン『ファスト&スロー』（早川書房）で提唱されたプロスペクト理論を参考にしている。

今川義元「三河守」任官については、『瑞光院記』による。ただし『大日本史料』永禄三年五月八日条によれば、元亀二年八月九日以降、今川氏真にあてられた書状には「治部大輔」としるされており、詳細は不明である。

松平元康岡崎入城の時期については、『三河物語』『松平記』『落穂集』などで若干の差がある。本書は『創業記考異』にしたがった。

戦国時代の口語は『日葡辞書』の存在で、かなりこまかく確認が可能である。「ばれる」「馬鹿」などはいかにも現代的な言葉にみえるが、戦国時代には存在した単語である。

戦国時代のギャンブル事情については増川宏一『賭博』（法政大学出版局）を参考にした。

戦国時代にもかかわらず、というか、だからこそというか、人間は博打が大好きなのはかわらない。

桶狭間の対決直前の気象状況については松嶋憲昭『桶狭間は晴れ、のち豪雨でしょう』（メディアファクトリー）に拠るところ大であった。ながらく織田信長軍が今川義元軍に肉薄できた理由は謎のままであったが。本書によってその疑問が氷解した。同氏の著作があったからこそ本書が生まれたといっていい。

ただし鈴木は気象に関しては素人である。気象用語等に間違いがある場合、いうまでもなくその文責は鈴木にある。

織田信長の家臣の概略については谷口克広『織田信長家臣人名辞典 第2版』（吉川弘文館）をインデックスとして重宝させていただいた。

桶狭間の合戦の概観については藤本正行『桶狭間の戦い』（洋泉社）を、戦国時代の合戦の概観については鈴木眞哉『刀と首取り』（平凡社）等を参考にさせていただいた。

もちろん先達の考証をふまえたうえでフィクションを構築するのが我々小説家の仕事である。小説にとって、面白い虚構こそが真実であり、研究者のかたとは立場が異なる。先達の説と本書の内容に違いがある場合、それは小説なればこそだとご理解いただきたい。

書籍の通販サイトのレビューや読書メーターでの感想が主力の時代とはいえ――というか、だからこそ郵便の手書きの感想のお手紙はけっこうありがたいものです。

本書をお読みになった感想などを編集部にお寄せください。複雑なことは必要ありません。
絵葉書に「面白かった」のひとことでじゅうぶんです。
ただ、差出人の住所氏名をお忘れなく。——ぼくが書いたと思われてしまうので。

ひとりでも多くのかたに、いちにちでも長く楽しんでいただけますように。

本書をお読みになった感想を左記までお送りください。
〒一〇二 - 〇〇七四
東京都千代田区九段南一 - 六 - 一七　千代田会館五階
毎日新聞出版株式会社
図書第一編集部
鈴木輝一郎著『桶狭間の四人』係

※この物語は史実に題材をとったフィクションです。

鈴木輝一郎（すずき・きいちろう）

一九六〇年岐阜県生まれ。日本大学経済学部卒業。九一年『情断!』（講談社）で作家デビュー。九四年「めんどうみてあげるね」（『新宿職安前託老所』出版芸術社刊に所収）で第四七回日本推理作家協会賞（短編および連作短編部門）を受賞。おもな歴史小説に『金ケ崎の四人』『姉川の四人』『長篠の四人』『信長と信忠』（以上、毎日新聞出版）『本願寺顕如』『織田信雄』（以上、学陽書房）『戦国の鳳 お市の方』（講談社）がある。エッセーに『何がなんでも新人賞獲らせます!』（河出書房新社）。

公式サイト　http://www.kiichiros.com

桶狭間（おけはざま）の四人（よにん）　光秀（みつひで）の逆転（ぎゃくてん）

印刷　二〇一七年七月　五　日
発行　二〇一七年七月二〇日

著者　鈴木輝一郎（すずききいちろう）
発行人　黒川昭良
発行所　毎日新聞出版
〒一〇二-〇〇七四
東京都千代田区九段南一-六-一七
千代田会館5F
営業本部　〇三（六二六五）六九四一
図書第一編集部　〇三（六二六五）六七四五

印刷　精文堂印刷
製本　大口製本

ISBN 978-4-620-10831-5